LA CITÉ SOUS LA TERRE

DÉJÀ PARU DANS LA MÊME COLLECTION :

1. *L'HOMME-REQUIN*

JEAN-CHRISTOPHE CHAUMETTE

LA CITÉ SOUS LA TERRE

LE NEUVIÈME CERCLE — 2

FLEUVE NOIR
ANTICIPATION

ISBN 2-265-04420-2
ISSN 0768-3014

LIVRE SECOND
LA CITÉ SOUS LA TERRE

« Vivre, c'est un hasard du temps ; mourir, c'est se conformer à la loi de la nature. Je jouis de ce hasard et j'obéis à cette loi ; aucune joie ni tristesse ne peuvent pénétrer dans mon cœur »

Tchouang-tse

« Regarde le soir comme si le jour y devait mourir ;
Et le matin comme si toute chose y naissait.
Que ta vision soit à chaque instant nouvelle.
Le sage est celui qui s'étonne de tout. »

André Gide, *Les nourritures terrestres*

« Entre la foi et l'incrédulité, un souffle,
Entre la certitude et le doute, un souffle.
Sois joyeux dans ce souffle présent où tu vis
Car la vie elle-même est dans le souffle qui passe. »

Omar Khayyam

CHAPITRE PREMIER

Pourquoi croyons-nous que la vie s'arrête avec les battements de notre cœur ? Est-ce cela, la mort, ce moment où sont coupées les ficelles agitant la marionnette de notre corps ?

Pensez-vous qu'un homme dont les idées continuent à guider les actions de millions de ses semblables soit mort, même si ses os sont depuis longtemps réduits en poussière ? Il est vivant et le restera tant que le germe qu'il a semé dans les esprits continuera à se propager et à se faire acte par l'intermédiaire d'autres organismes. Nous n'existons que dans le cerveau des autres. S'ils gardent notre image, nos désirs et nos pensées dans leurs mémoires, nous vivons, pour toujours...

Inversement, vous imaginez avoir échappé à la mort parce que vous mangez, bougez, vous reproduisez. Pourtant, la vie vous a peut-être quitté depuis longtemps. Placez-vous devant une glace. Ce corps que vous voyez retire-t-il ses actes des sentiments qui font de nous des êtres humains ? Abrite-t-il un germe puissant et particulier capable de se répandre et de motiver à leur tour d'autres individus ?

Si la réponse est non, le miroir vous renvoie seulement le reflet d'un cadavre.

Le chemin de la paix, Bandigo Ikoda

Combien de temps dans cette pièce sans fenêtre, à peine éclairée, enfouie au creux des roches noires? Cinq minutes? Plusieurs heures? Stanley n'en savait rien. Il s'était coupé du monde, se fondant dans le silence et l'obscurité, immobile ; tout s'était figé avec lui. Soudain, l'instinct animal qui s'était éveillé en lui des années auparavant l'avertit qu'il était observé par des yeux immatériels tout proches, derrière lui. Il fit volte-face, se ramassant légèrement tel un fauve prêt à bondir, et ses grands yeux de glace se mirent à scruter la pénombre...

Pendant trois mois, on l'avait gardé dans cette étrange cité de pierre, dédale de souterrains et de salles froides et ténébreuses. De grands hommes noirs aux longs cheveux tressés avaient soigné ses blessures et l'avaient nourri. Il n'avait posé aucune question, mais il était sûr de se trouver parmi les Kreels, ce peuple mystérieux vivant en marge des autres mondes humains. Il n'en avait jamais vu auparavant mais connaissait bien des histoires sur leur compte, celles qu'il avait entendues pendant son enfance chez les Svens, et celles que racontaient les guerriers moog-saïs au soir des batailles :

« Leur peau est noire comme la nuit... Ils tirent leur force de leurs cheveux immenses qu'ils tressent en nattes magiques ; elles aspirent l'énergie des étoiles... Ils vivaient bien avant l'empire thorg, avant même la splendeur des civilisations maraquendi et kalindos, avant les autres hommes... Leur esprit est aussi différent de notre esprit que leur couleur l'est de notre couleur : leur âme de sorciers est plus obscure que leur peau... Ils entendent sans écouter, voient sans regarder, sentent sans toucher... Nul ne peut les vaincre, car ils dirigent la volonté de leurs adversaires... Ce sont les enfants des démons qui peuplaient le cosmos au commencement des temps... »

Stanley se préoccupait peu des légendes, mais en se fondant sur ce qui était vraisemblable et sur les faits qu'il avait constatés au cours de sa carrière de mercenaire, il pouvait avoir une idée des gens à qui il se trouvait confronté. Jamais il n'avait vu de Kreels sur un champ de bataille, et à sa connaissance, il n'y avait pas de guerre à laquelle ils fussent mêlés. Il avait entendu parler de puissants seigneurs qui, autrefois, avaient décidé d'envahir leur planète, et de tribus barbares qui avaient tenté des razzias contre leurs villes ; mais pas un seul soldat des très rares armées qui avaient osé attaquer le monde des hommes noirs n'était revenu pour décrire leur façon de se battre. Et désormais, si un roi avait été assez fou pour vouloir s'emparer de la planète kreel, il aurait eu bien du mal à trouver des mercenaires acceptant le contrat. Les géants à peau sombre ne commerçaient presque pas avec les autres peuples ; parfois, on en voyait à Orus ou sur Karanosh, et certains prétendaient qu'ils allaient jusque dans le désert de rocs noirs du monde perdu des Harriks. Mais tous les évitaient. Même leurs ambassadeurs, dans les capitales des quatre alliances du centre, se retranchaient derrière un mur impénétrable, une aura mystérieuse et inquiétante qui tenait à l'écart les moins timorés.

Parmi toutes les histoires plus ou moins fabuleuses qui circulaient sur les Kreels, ce que Stanley admettait se résumait en quelques mots : hommes grands et noirs, excellents combattants, vivant dans un isolement presque total depuis un temps certainement très long…

Il n'avait vu que fort peu de ses hôtes : deux hommes qui l'avaient soigné, un autre qui lui portait de la nourriture, et un vieillard aux cheveux blancs qui avait passé de longs moments auprès de lui sans rien dire, sans même le regarder. Jamais il n'avait échangé une phrase avec aucun d'eux... Il avait compris que l'accès à certains endroits lui était permis, et à d'autres défendu ; des portes s'ouvraient à son approche, et des portes demeuraient fermées. Il était resté pratiquement seul pendant tout ce temps passé dans la cité sans fenêtres. Mais il était habitué à la solitude, tellement habitué...

Le vieil homme l'avait conduit dans cette pièce nue au sol couvert d'une épaisse natte, et pour la première fois lui avait parlé, d'une voix étrange, chantante, pleine de musique. Le vieillard s'était exprimé en orusien, la langue la plus répandue dans l'univers, comprise par tous ceux qui avaient un peu voyagé ; et malgré la rudesse des sons de ce dialecte de marchands, mélange informe et fluctuant né de la fusion de nombreux idiomes, chaque phrase du Kreel avait été ressentie par Stanley comme un chant doux et harmonieux. Les deux hommes qui l'avaient soigné parlaient eux aussi, entre eux, de cette façon curieuse. Mais la langue dans laquelle ils discutaient était parfaitement adaptée à leurs voix musicales. Jamais auparavant le Sven n'avait entendu des mots aussi chargés de rythme ; derrière la moindre parole prononcée en kreel, il semblait y avoir le martèlement puissant d'un tam-tam, cœur de ce langage vivant. Lorsqu'un homme noir parlait, Stanley sentait, l'espace d'un bref instant, un peu de chaleur réchauffer son âme morte et glacée. Mais cette impression ne durait pas, et chaque fois, le mercenaire redevenait rapidement indifférent, insensible, tel une monstrueuse machine de chair.

Le vieillard lui avait demandé de revêtir une sorte de robe noire — un sayongo — qui dissimulait totalement les jambes sans en entraver les mouvements, et lui avait déclaré qu'il allait devoir se battre. Puis il était parti. Tout d'abord, Stanley avait trouvé le comportement des Kreels assez incohérent.

« Ils m'ont sauvé sur Magarth-Sikh ; ils m'ont guéri de mes blessures. Mais je suis comme un prisonnier. Et maintenant, ils veulent me faire lutter... Contre qui ? Pour quelles raisons ? Pourquoi me tueraient-ils après m'avoir arraché au néant ?... »

Puis, lorsque son sixième sens de prédateur lui avait indiqué la présence d'une entité invisible et inquisitrice qui l'observait, l'analysait, le sondait, le Sven avait compris.

« Ce ne sera pas un combat à mort ; ils veulent savoir comment je vais réagir. Le spectacle vient de commencer. Je n'aurai pas longtemps à attendre... »

Derrière lui, un panneau coulissa dans le mur. Stanley se retourna vivement. L'ouverture s'était déjà refermée, et son adversaire se trouvait face à lui. Les trois jeunes Kreels qui s'étaient occupés du mercenaire depuis le début de son séjour dans la ville souterraine étaient très grands et puissamment bâtis ; même le mystérieux vieillard dégageait, malgré son âge, une impression de force extraordinaire. Aussi Stanley s'attendait-il à affronter une sorte de colosse ; mais jamais il n'aurait imaginé qu'on lui enverrait un Kreel comme celui qui venait de faire son entrée dans la pièce…

Devant lui se tenait un adolescent d'à peine quinze ans, vêtu comme lui d'un sayongo noir. Son opulente chevelure retenue par un fin bandeau de fibres tressées retombait sur un torse étroit et long d'enfant trop vite grandi. Malgré son jeune âge, il était à peu près de la même taille que le Sven ; il serait certainement beaucoup plus grand une fois sa croissance achevée. Son regard était triste et candide. Il leva ses bras maigres et se mit en garde. Stanley était stupéfait.

« C'est un gosse ! Il n'a aucune chance… Qu'est-ce que tout cela signifie ? »

La prudence animale de la bête de proie

guidait maintenant tout le corps du mercenaire. Ses muscles secs forgés par des années d'épreuves semblaient beaucoup plus puissants que ceux du Kreel, et sa rapidité était devenue légendaire chez les Moog-Saïs. Depuis longtemps, il avait perdu le compte des hommes de toutes les races dont il avait arraché la vie.

Il savait tuer de multiples façons : de loin, dissimulé, d'une flèche en plein crâne pour que la victime n'ait pas même le temps de proférer un cri, ou au corps à corps, avec le souffle chargé de haine de l'adversaire contre le visage ; par traîtrise, en poignardant dans le dos ou en tranchant la gorge, ou face aux armes des ennemis ; à la manière des Sarkoïs, qui cherchaient à éventrer, comme les Uktuhls, qui visaient les yeux et le cou, ou à la façon des Moog-Saïs, en frappant au cœur ; au coutelas, au sabre court, à la lance, à la hache et à mains nues, en broyant la trachée, en brisant les vertèbres ou en enfonçant les doigts dans les orbites.

Et il connaissait aussi bien des moyens de faire mourir un homme très lentement, dans des souffrances épouvantables. Chaque fois que son existence avait dépendu d'un quelconque renseignement, il n'avait jamais hésité à torturer pour l'obtenir. Son corps et ses réflexes étaient parfaitement rodés pour la guerre. Mais c'était surtout sa méfiance et sa ruse qui lui avaient permis de survivre jusqu'à présent, et malgré l'évident déséquilibre du combat, il choisit la prudence, décidant d'attendre la première attaque. Il commença à tourner autour de l'adolescent, lentement, à la manière des squales…

Derrière un mur de la pièce, cinq vieillards entamèrent ensemble le Kamunga Nagué ; cinq esprits connectés entre eux par des vibrations télépathiques s'élevèrent doucement pour aller flotter au-dessus des deux adversaires. Des pseudopodes mentaux jaillirent en tous sens, s'insinuant dans les nerfs et le cerveau de Stanley Petersen. Un flot d'informations se déversa dans les cinq cerveaux qui pensaient à l'unisson.

— Aya Charaki, l'œil du requin ! Il regarde et il observe ; il attend…

— Il n'attaquera pas ! Il sent le danger, comme un fauve.

— Il n'y a rien en lui : ni peur, ni agressivité, ni impatience ; seulement l'instinct pour la danse de la mort et de la vie.

— Il est tout entier affûté pour le combat ; pensées froides et lucides, sens en éveil, nerfs en attente, muscles prêts à agir…

— C'est un guerrier sans fureur, un meurtrier sans haine, un tueur sans passion ; il est la violence la plus primitive !

Le coup partit à une vitesse foudroyante : la jambe droite du jeune Kreel se lança comme un fouet vers la tête de Stanley, tandis que son corps pivotait pour accompagner le mouvement. Mais les réflexes du mercenaire étaient extrêmement prompts ; il se recroquevilla en se protégeant du bras gauche et bondit en avant pour la contre-attaque. La jambe de l'adolescent s'éleva avec une souplesse étonnante, passant au-dessus du crâne de son adversaire, et revint se poser au sol. Le coup était une simple feinte. Dès qu'il eut retrouvé ses appuis, le Kreel propulsa son pied gauche sur le côté. Tout n'avait duré qu'une fraction de seconde. Stanley fut tout près de se laisser tromper ; au dernier moment, il pivota pour absorber le choc avec son épaule. L'attaque manquait de puissance ; un homme mûr, plus fort, lui eût brisé le bras. Le Sven réalisa que sans son esquive en catastrophe, le coup aurait atteint le plexus solaire, lui coupant la respiration. Son adversaire était bien plus redoutable qu'il ne le paraissait. Le mercenaire, devant la rapidité, la souplesse et la technique que venait de montrer le jeune Kreel, comprit qu'il aurait davantage de chances de vaincre dans un corps à corps étroit, où il pourrait faire valoir sa puissance supérieure, qu'en portant des coups à distance. Il lança une rapide attaque de poing que l'adolescent esquiva avec aisance ; puis, au lieu de rompre et de se remettre en garde, il se jeta en avant et enserra le Noir dans l'étau de ses bras.

L'esprit hybride né de la transe des cinq Eyo Makanés continuait à jauger Stanley :

— Sa prudence l'a sauvé ; maintenant, il va prendre le dessus...

— Il n'a pas sous-estimé son ennemi. Il n'a pas porté de jugement. Il était simplement prêt au combat.

— Les émotions ne peuvent lui nuire : il lutte comme une machine.

Le Sven était sur le point de paralyser son adversaire par son étreinte impitoyable. Sa musculature gonfla sous l'effort, et il parut dix fois plus fort que le jeune garçon. Il n'avait pas l'intention de tuer, il voulait seulement neutraliser le Kreel : il était prisonnier dans la ville de pierre et n'avait pas envie de commettre un meurtre sur un de ses habitants. Les deux hommes roulèrent au sol. Stanley agrippait de ses jambes celles de son opposant, lui enserrait les bras d'une prise de fer, et se protégeait des coups de tête en baissant le front. L'étreinte se faisait de plus en plus oppressante, et l'adolescent ne semblait plus avoir aucune possibilité : peu à peu, le mercenaire allait l'étouffer, jusqu'à l'évanouissement. Mais soudain, avec une souplesse d'anguille, le Kreel réussit à redonner un peu de liberté à ses bras, et il plaça ses doigts le long de la colonne vertébrale de Stanley. Celui-ci ressentit un choc violent, semblable à une décharge électrique, qui l'obligea à relâcher sa prise ; puis un coup à la face, et il s'écroula, assommé.

Alors la chose immatérielle qui pendant tout le combat avait analysé chaque réaction du Sven retira, un à un, tous ses tentacules du corps inanimé. Puis elle s'évanouit ; dans la pièce d'à côté, les cinq dignitaires du huitième cercle sortirent de leur transe sacrée. Ils se mirent à commenter le comportement de Stanley :

— Face à une technique classique de lutte, il aurait vaincu ; seul un des secrets de notre art martial a pu le terrasser...

— Il n'est pas tombé dans le piège que nous lui avions tendu. La plupart des mercenaires, même très expérimentés, auraient cru la victoire acquise face à un enfant. Lui s'est méfié tout de suite, car il n'est entravé par aucun des sentiments qui font la faiblesse de l'homme.

— Qui font sa force aussi... (Tous se tournèrent vers Alifu Orombo. Le suprême chanteur semblait ne pas être totalement d'accord avec les autres Eyo Makanés.) Vous avez tous perçu la même chose que moi : ce qu'avait ressenti Fana Kabungué était parfaitement exact ; il n'y a chez cet être qu'un instinct animal primitif joint aux capacités d'analyse et de synthèse d'un homme intelligent. Mais il n'y a pas plus d'humanité en lui que dans un androïde.

Les vieillards restèrent un moment silencieux, gênés par les paroles du grand maître des chants. Puis Sino Tuzangui, qui n'avait pas encore parlé, fit entendre sa voix :

— Il nous faut maintenant prendre une décision à son sujet. Akoono Tingo, quel est ton avis ?

— Nous devons tenter l'expérience suivante : lui donner l'éducation kreel, l'amener à conquérir l'un après l'autre les Naa Silavaru Tsonkos, les cercles d'argent. Ses possibilités sont plus grandes que celles qu'a jamais pu posséder un homme de notre peuple ; ou même n'importe quel homme...

— Ayanga Epugu ?

— L'initiation d'un Kreel commence à onze ans ; il en a à peu près vingt-cinq. Mais j'ai côtoyé bien des étrangers du fait de mes fonctions, et je n'ai jamais rencontré quelqu'un de semblable. Il rattrapera le retard. Nous en ferons un Kreel, un manga, et peut-être un jour sera-t-il Eyo Makané...

— Qu'en penses-tu, Fari Kombo ?

— Jamais un étranger n'a eu connaissance du mystère des Naa-Tsonkos. Lui livrer ce secret est une grave décision. Mais cet homme représente un cas unique. Il possède un corps, des réflexes, et surtout un instinct, aguerris par des années d'épreuves, dont j'ignore la nature mais qui ont certainement été terribles. En même temps, c'est un terrain vierge, plus que l'âme d'un enfant de onze ans déjà encombrée de passions. Sur ce terrain, nous pouvons construire quelque chose de parfait. A nous de ne pas commettre d'erreur.

— Alifu Orombo, je t'ai gardé pour la fin, car tu semblais émettre des réserves...

— En effet. Vous n'avez pas pu ne pas vous en rendre compte : cet homme est un monstre, un monstre à l'âme sèche et désolée. Jamais je ne l'ai entendu parler, mais je suis sûr que sa voix est froide et vide. Il est impossible de prévoir ce qu'il adviendra si nous l'accueillons parmi nous. Pourtant, malgré mes réticences, je suis poussé à me ranger à votre avis par la prophétie des Naa-Gundis. Peut-être est-il l'Homme-Requin qu'évoquent les chants des premiers âges ; dans ce cas, nous devons l'aider à accomplir son destin. Et de toute façon, même s'il n'est pas celui que j'espère, la seule chance qu'il possède de retrouver une âme humaine est ici, chez les Kreels, dans la difficile quête des cercles d'argent. Alors, ne serait-ce que par charité, gardons-le avec nous...

— Nous voilà tous d'accord. Je m'en réjouis. Il reste cependant une question en suspens : à qui allons-nous confier son éducation ?

Sino Tuzangui eut un large sourire et regarda, l'un après l'autre, ses quatre compagnons. Après un bref instant de réflexion, Fari Kombo lui répondit :

— Je propose Mani Okondo. L'expérience lui serait bénéfique : en se heurtant à une âme plus dure que la sienne, il peut s'amender.

— Son orgueil ne supportera pas cette épreuve. Il se croit doué de capacités extraordinaires, et il va découvrir, chaque jour davantage, la supériorité de l'étranger. Il fera tout pour le briser, tant qu'il aura la possibilité d'y parvenir...

— Si c'est le cas, l'homme blond devra se durcir encore plus, accroître sa volonté, et il n'en franchira que plus vite les étapes.

— Les premières, du moins... (Une fois encore, Alifu Orombo élevait une objection contre les déclarations optimistes de ses compagnons.) Pour franchir l'obstacle du sixième cercle, il lui faudra autre chose qu'un instinct de survie et de mort. Il devra... être moins inhumain.

Sino Tuzangui, prenant appui sur son bâton de marche, se releva lentement pour signifier aux autres Eyo Makanés que leur réunion prenait fin. Puis il se tourna vers le suprême chanteur.

— Puisque ce problème t'inquiète, ce sera à toi de t'arranger pour que notre nouvel élève apprenne à avoir des sentiments humains. Au début il restera à Faya Nubangui, confié à l'éducation de Mani Okondo... mais sous la surveillance de Fari Kombo et de Fana Kabungué, bien entendu. S'il progresse comme nous l'espérons, Alifu Orombo et Akoono Tingo s'en occuperont.

Comme les Eyo Makanés s'apprêtaient à quitter la pièce, le vieux maître des chants regarda le corps livide de Stanley qui gisait sur le sol.

— J'ai toujours eu confiance dans les prophéties des chants qui nous viennent de nos ancêtres. S'il est bien l'étranger dont ont parlé les Naa-Gundis, il accomplira des choses extraordinaires. Sinon, nous allons donner des armes redoutables à un tueur froid, un requin à face humaine…

CHAPITRE II

Principes à observer pour la conquête d'une planète :

— Maîtrise de l'espace au moment de l'assaut.

— Victoire au sol rapide, aucune flotte de combat ne pouvant tenir longtemps loin de ses bases face aux contre-attaques adverses.

— Pas d'engins blindés ou de matériel lourd ; pas d'aéronefs de combat dans l'atmosphère de la planète convoitée. Le non-respect de ces principes entraînerait une escalade du recours aux armes surpuissantes et l'impossibilité de s'approprier un monde habitable intact.

— Avoir des androïdes en réserve, bien qu'ils soient presque toujours inutilisables à cause des brouilleurs.

— Doter les hommes d'armes individuelles à projectiles et à rayons ; bien qu'inopérantes contre des armures de cristacier, elles sont très efficaces dans le cadre de la lutte anti-guérilla face à des adversaires équipés de façon non conventionnelle.

— La pièce maîtresse du dispositif reste donc le soldat en armure intégrale, rompu au maniement des armes de Gaïnkish, capable de survivre en environnement inconnu et hostile.

De tels guerriers sont rares. Ils existent sur les planètes extérieures sélectionnés par des conditions de vie très rudes et des civilisations cruelles. Notre problème est : comment obtenir des combattants comparables issus de nos mondes centraux, où une existence trop facile amollit les corps et les âmes.

Un chef d'État ambitieux se doit d'y trouver une réponse.

L'art de la guerre et du pouvoir, Daraugas Ier
(empereur thorg, 211e siècle ATT)

— Tue-le ! Descends cet enfoiré ! Frappe !

Les deux hommes luttaient depuis un long moment, et Wenka était stupéfait qu'ils fussent encore debout. Le combat était sauvage, acharné ; il fallait tuer à mains nues... Près d'eux, un instructeur hurlait pour les pousser à plus de violence encore. Ils étaient bâtis tous les deux sur le même modèle : des brutes musculeuses aux épaules formidables, au crâne rasé, au visage couturé de cicatrices. Le sang leur coulait dans les yeux, et à chaque instant, Wenka pensait qu'ils allaient s'effondrer ; mais une incroyable rage meurtrière les soutenait. Cependant, l'un d'eux prenait de plus en plus le dessus sur l'autre. Il maintenait fermement son adversaire par les manches de son épais treillis, et le cognait sans arrêt contre un mur de béton tout en lui décochant des coups de tête en pleine figure.

— Vas-y, crève-le !

L'instructeur était devenu hystérique.

Wenka entendit un craquement d'os ; le visage du vaincu n'était plus qu'une bouillie sanglante, et sa tête ballottait comme un battant de cloche entre le mur et le crâne de l'autre soldat qui continuait de frapper, de frapper encore et encore... Au bout d'un moment, l'instructeur lui posa la main sur l'épaule.

— Laisse tomber, il est mort...

Wenka essaya de regarder ailleurs, pour ne plus voir le spectacle d'horreur qui s'offrait à ses yeux. Il se trouvait sur une large plate-forme surélevée, d'où on pouvait observer la totalité du camp d'entraînement de la garde impériale thorg. C'était une vaste étendue partiellement bétonnée, délimitée par une enceinte d'épais grillage métallique haute de plusieurs mètres. Tout autour verdoyait l'immense forêt tropicale de la vallée de Rangos, monde torride et fangeux regorgeant d'animaux venimeux, propice aux fièvres mortelles. A l'opposé de la plate-forme d'observation se dressaient les baraquements de tôle où logeaient les hommes en cycle d'entraînement. Sur sa gauche, Wenka pouvait voir le gros bâtiment de parpaings et d'acier qui servait d'habitation aux instructeurs, la piste d'atterrissage, et les aéronefs qui étaient le seul moyen d'accès à cet endroit perdu au cœur de la jungle. A droite, plusieurs hectares avaient été abandonnés à la prolifération végétale, et l'enchevêtrement des plantes s'insinuait entre les allées bitumées, jusqu'aux casernements ; Wenka frissonna en songeant que les dortoirs des soldats devaient être envahis de blattes, d'araignées et de scorpions...

Et au pied de la plate-forme, juste sous les yeux du Kendar, se trouvait l'aire d'entraînement sur laquelle, chaque jour, des hommes mouraient. Wenka se refusait à regarder les scènes qui s'y déroulaient, mais des cris de bête fauve lui firent tourner la tête, instinctivement, vers l'endroit d'où ils provenaient. Il vit un soldat qui tentait de traverser une fosse, agrippé à une corde tendue au-dessus de l'obstacle. Deux instructeurs, armés de longs gourdins, frappaient sans cesse ses pieds et ses mains nus. L'homme hurlait de douleur et de colère, mais maintenait sa prise et continuait sa progression, malgré ses doigts meurtris et poissés de sang. Au-dessous de lui, tout au fond de la fosse, luisaient les pointes acérées de gros pieux de métal ; plusieurs cadavres y gisaient, atrocement empalés...

Wenka se demanda s'il pourrait s'empêcher de vomir encore très longtemps. Il connaissait l'existence de ce camp, mais jamais il n'aurait imaginé un pareil enfer.

« Ce salopard de Daraugas savait bien ce qu'il faisait en me convoquant ici. Il voulait me foutre la trouille ; il y a parfaitement réussi... »

Le Kendar entendit la porte de l'ascenseur s'ouvrir derrière lui, puis une voix aiguë, presque une voix d'enfant :

— Alors, Wenka, que pensez-vous de l'entraînement de mes soldats ? Très au point, n'est-ce pas ? La nation thorg peut dormir sur ses deux oreilles, nous veillons à ce qu'une armée tout à fait compétitive la protège !

Le vieux savant se retourna lentement, et se courba pour saluer respectueusement celui qui venait de lui parler, Daraugas III, empereur des Thorgs, maître du destin de plus de mille planètes habitées.

Le monarque portait un uniforme de capitaine de la garde par-dessus une armure de cristacier bleu. Il était petit, même pour un Thorg ; Wenka le dépassait d'une tête. Il n'avait pas mis de casque, et le Kendar put détailler son visage rond encadré de boucles brunes. Daraugas avait une bouche petite aux lèvres charnues, presque toujours plissée par une moue méprisante et autoritaire. Ses yeux étroits et très écartés lui donnaient un air de douceur candide, mais en observant attentivement ses prunelles mobiles, le Kendar fut surpris par la cruauté de son regard. L'empereur était joufflu comme un enfant trop nourri, et son front bombé était couvert de sébum. Il avait vingt-huit ans mais n'en paraissait guère plus de seize, comme si, depuis son accession au trône, l'exercice du pouvoir avait stoppé son vieillissement. Daraugas III avait des allures d'adolescent prétentieux, colérique et sournois. Il sourit largement au vieux chercheur :

— Savez-vous que c'est mon ancêtre Daraugas Ier qui a imaginé ce camp, avec la plupart des méthodes d'entraînement que l'on utilise ici ?

— C'est également lui qui a transformé Sirdan en planète-prison, je crois…

— Ah, tiens donc ! Il me semble que vous n'appréciez guère l'œuvre de mon aïeul. Quel dommage ; oui, vraiment, quel dommage !

L'empereur s'était mis à tourner en rond en arborant un air boudeur et contrit. Wenka était inquiet ; il savait que Daraugas était sujet à des colères hystériques dès que quelque chose le contrariait. Et en ce qui concernait le projet HAGC dont il était responsable, tout n'allait pas pour le mieux.

« Quel con je fais ! » songea-t-il. « Je viens ici pour rendre compte de mon échec, et je ne suis même pas foutu de m'écraser ; il a fallu que je fasse une remarque sur son idole, son modèle ! Pourvu que... »

Wenka frissonna à la vue des quatre gardes du corps qui encadraient Daraugas. Enormes et trapus, engoncés dans leur armure de cristacier, le poignard au côté, ils se ressemblaient comme des frères. Au premier ordre de leur maître, ils n'hésiteraient pas un instant à réduire en pièces le Kendar...

Soudain, le tyran parut se radoucir :

— Oui, quel dommage, Wenka ! Daraugas Ier est pourtant un des rares empereurs à avoir réellement contribué à la grandeur de notre peuple.

— Certes...

— Mais vous lui préférez sans doute des gens comme mon père, cette chiffe molle !

Wenka considéra le monarque avec gêne, et ce dernier secoua la tête en souriant :

— J'aimerais vous faire partager mon avis. Mon ancêtre était un grand homme, un très grand homme... Je n'ai pas choisi le nom de Daraugas par hasard, d'ailleurs... Mais parlons plutôt de la question pour laquelle je vous ai fait venir ici...

L'empereur fit un geste vif de la main, et les quatre brutes qui l'escortaient reculèrent de plusieurs mètres. Le Kendar les regarda à nouveau. Il était de plus en plus troublé par l'étonnante similitude de leur constitution et de leurs traits, que l'on devinait par l'ouverture de leur casque. La vue de ces hommes massifs réveillait en lui des souvenirs très anciens, qui remontaient à l'époque où il n'était pas encore lancé dans l'aventure du projet HAGC. Daraugas interrompit ses pensées :

— Le fruit de votre programme de recherche, ce... numéro un, que je vous avais demandé il y a trois mois de m'amener, s'est enfui, n'est-ce pas ?...

— C'est exact, Majesté ; lors de l'escale sur Orus.

— Il s'est enfui ! Volatilisé ! C'est incroyable ! Wenka, vous êtes très fort dans votre domaine, mais pour certains détails pratiques, vous êtes tout à fait incompétent ! Quelles précautions aviez-vous prises ?

— J'avais fait aménager une chambre capitonnée et fermée par une porte blindée, au centre du vaisseau. Elle était gardée en permanence par un de mes collaborateurs. Nous y avions enfermé le numéro un, endormi par des tranquillisants.

— Il était endormi... Mais comment a-t-il fait ?

— Il a métabolisé les somnifères beaucoup

plus vite que nous ne le pensions, Majesté. Lorsque le vaisseau s'est posé à Orus, il était déjà réveillé ; normalement, il aurait dû encore dormir après notre arrivée à Rangos...

— Ah, je croyais que vous connaissiez les moindres détails de la physiologie de cet individu. C'est bien vous qui l'avez fabriqué, pourtant !

— Justement, Majesté, il y a eu une erreur dans la conception du programme, et...

— Une erreur ! Vous avez fait une erreur ! C'est inadmissible ! Savez-vous combien d'argent ce programme a coûté à l'empire, combien d'argent il m'a coûté ?

— Je pense avoir trouvé ce qui n'allait pas, Majesté. Il faut tout reprendre de zéro, et alors nous...

— Reprendre de zéro ! Et encore dépenser des milliards de yariks ! Wenka, vous avez commencé par prétendre que tous les produits du programme HAGC avait été détruits, c'est-à-dire que vous m'avez menti ! Je trouve cela assez grave ! Mais le travail d'un empereur est de tout savoir ; vous ne m'avez pas dupé bien longtemps. Et maintenant, vous laissez ce numéro un s'échapper dans Orus ! Orus ! La cité la plus peuplée de l'univers ! L'auriez-vous fait exprès ? J'attends vos explications...

L'empereur paraissait étrangement calme, et son ton était plus ironique qu'agressif. Il affichait constamment une sorte de demi-sourire, un rictus hautain et moqueur. Le Kendar était surpris de voir Daraugas rester d'aussi bonne humeur ; il ignorait que le jeune tyran venait d'apprendre la victoire de sa flotte de guerre sur les Fabériens de Sharangir. Cette nouvelle suscitait chez lui une attitude bienveillante et enjouée ; mais il semblait ainsi tellement faux et inquiétant que Wenka aurait finalement préféré une bonne colère.

— Eh bien, Majesté, à son réveil, le numéro un a eu une crise... Une crise de démence.

— Une de ces crises auxquelles il est sujet ?

Le vieux savant sentit des flots de sueur dégouliner sur son front, et il se mit à réfléchir fébrilement :

« Par tous les dieux ! Il est au courant du moindre détail sur le programme. Je me demande quel est le mouchard... »

Le monarque avait l'air de s'impatienter. Wenka répondit en bafouillant :

— Euh, oui, Majesté... Oui, exactement... Il a défoncé la porte de sa cellule, et...

— La porte blindée ?

— Oui, Majesté, la porte blindée... Puis il a grièvement blessé un de mes assistants qui le surveillait.

— Cet homme n'était donc pas armé ?

— Il avait une arme à rayons paralysants, une de celles que l'on utilise dans les zoos pour la contention des animaux dangereux : une sorte de choc électrique tétanise tous les muscles du corps, et ensuite le...

— Oui, je sais, je sais ! Poursuivez ! Que s'est-il passé ?

— Il a évité le rayon, Majesté... Mon assistant a tiré trois fois, mais il n'a pas pu l'atteindre...

— Piètre tireur !

— Au contraire, Majesté... Au contraire ; c'est un excellent chasseur, il a l'habitude de viser juste. Mais c'était impossible d'avoir ce monstre. Il est trop rapide, trop rapide...

— Ce monstre ? Vous l'appelez monstre ! C'est pourtant un peu votre enfant, Wenka !

L'empereur partit d'un énorme éclat de rire, un rire presque hystérique, malsain ; sa voix devenait suraiguë, il glapissait. Le Kendar aurait aimé avoir le courage de l'étrangler ; il respira profondément et poursuivit ses explications dès que les hoquets qui secouaient Daraugas se furent arrêtés :

— C'est un monstre, Majesté. Il a frappé mon assistant et lui a brisé le sternum. Il y a cinq ans, il a tué un homme. Personne n'a osé l'arrêter ; il est d'une force prodigieuse. Il a filé à travers le spatioport et a disparu au milieu de la foule...

Le Thorg paraissait être soudainement redevenu tout à fait sérieux. Il était captivé par les paroles que venait de prononcer Wenka.

— Voilà qui est intéressant, très intéressant! Un homme résistant aux drogues... Capable de démolir une porte blindée... Qui se joue d'un rayon paralysant... Qui peut enfoncer un thorax d'un seul coup...

Daraugas tournait nerveusement en rond tout en marmonnant entre ses dents. Le vieux Kendar commençait à comprendre où voulait en venir le monarque. Il s'exclama avec passion :

— Majesté, c'est un être débile, un fou, une brute ! Il n'a rien d'humain ! Il ne sait même pas parler...

L'empereur agita la main d'un air agacé et, se tournant vers ses gardes du corps, s'exclama :

— Parler! Parler! Est-ce que je leur demande, à eux, de parler?

Les quatre soldats restaient parfaitement impassibles, l'air renfrogné. Et Wenka se souvint, devant leur attitude rogue, où et quand il avait rencontré un homme en tout point identique aux gardes de Daraugas : c'était à Yankin, sur sa planète, il y avait un peu plus de trente ans, alors qu'il était frais émoulu de l'université et venait de passer son maître-assistanat de génétique. Le Kendar était songeur :

« Trente ans... A peu près l'âge de ces hommes... »

Dans l'esprit de Wenka, un puzzle monstrueux était en train de prendre forme.

La voix doucereuse du monarque interrompit ses réflexions :

— Wenka, je vais être franc avec vous. Mon intention première était de vous confier aux soins des instructeurs de ce camp. Je pense que vous n'auriez pas longtemps survécu aux épreuves de sélection. Après quoi j'aurais définitivement mis fin au programme HAGC, qui a vraiment coûté très très cher... Mais en fin de compte, ce numéro un m'intéresse ; il a l'air de posséder des qualités appréciables.

Le Kendar avait du mal à respirer, une épouvantable peur rétrospective lui oppressait la poitrine. A la pensée des tourments auxquels il avait échappé de peu, il fut sur le point de s'évanouir. Mais en même temps, toute son attention était retenue par un mot que venait de prononcer Daraugas : le jeune empereur n'avait pas parlé d'entraînement, mais « d'épreuves de sélection ». Et Wenka comprit la signification du travail qu'il avait effectué à Yankin plus de trente ans auparavant... Un clonage, un clonage à partir de cellules humaines... Le prélèvement avait été fait sur un soldat thorg, dont l'apparence lui revenait parfaitement en mémoire. Pourtant, le savant se refusait encore à croire à l'évidence...

Daraugas se remit à parler, sur un ton strident :

— Wenka, il va falloir retrouver votre numéro un ! Je vous donnerai les moyens de le faire... De gros moyens. Ce ne sera pas facile. Vous savez comme moi qu'Orus compte plus de trois milliards d'habitants ; et il faudra chercher jusque dans la cité interdite, jusque dans les égouts de Morg-Tarok... J'ai encore une chose à ajouter : en cas d'échec, vous reviendrez ici ; mais pas sur la plate-forme d'observation, comme aujourd'hui... Vous serez avec eux, là !

Le doigt du monarque s'était pointé vers le camp, où les soldats continuaient à subir de meurtrières épreuves. Des instructeurs plongeaient la tête d'un homme dans une mare de boue, ne lui permettant de respirer que lorsqu'il était au bord de l'étouffement ; puis ils recommençaient. Devant ce spectacle, Wenka était obligé d'admettre l'atroce rapport qu'il y avait entre le camp où il se trouvait, le clonage qu'il avait réalisé autrefois et les quatre gardes de Daraugas.

« Non, ça n'a vraiment rien d'un entraînement ! Ce fumier a prononcé le mot : c'est une sélection, une sélection par élimination... »

Le petit empereur glapit à nouveau, arrachant Wenka aux pensées qui le torturaient :

— Vous pouvez partir. Un aéronef vous attend sur la piste ; il vous ramènera à Rangos, d'où vous pourrez rejoindre votre planète. Vous y recevrez mes instructions.

— Au revoir, Majesté.

Le Kendar s'inclina et prit l'ascenseur pour quitter la plate-forme, ses sentiments partagés entre le dégoût pour le spectacle auquel il avait assisté, la haine et le mépris pour Daraugas, la peur de ce qui l'attendait et la lassitude, une lassitude immense devant l'échec d'un rêve auquel il avait consacré la moitié de sa vie.

Wenka sortit de l'ascenseur et se dirigea vers la piste ; tout au long du grand couloir qui menait à l'extérieur du bâtiment, des soldats de la garde particulière de l'empereur étaient alignés, immobiles. Par l'ouverture de chacun des casques, le savant pouvait voir le même visage se répéter inlassablement, avec les mêmes yeux éteints enfoncés dans leurs orbites, le même mufle écrasé, la même mâchoire énorme. Une pensée le fit sourire :

« C'est amusant, ils ressemblent un peu au numéro un... Si jamais je le retrouve, il plaira certainement à notre bien-aimé empereur. »

Mais Wenka ne savait que trop bien à qui ils ressemblaient vraiment, à qui ils étaient parfaitement identiques, tous. Un faciès primitif, sorte d'anachronisme rescapé du début des âges de l'humanité, se dessina dans son esprit : celui du soldat sur qui il avait effectué des prélèvements cellulaires pour un clonage.

Le Kendar était arrivé au bout du couloir. Il s'arrêta et regarda un long moment les deux gardes qui surveillaient la porte. C'était le même visage ; le même... Tout le bataillon d'élite de l'empereur était composé de répliques exactes de cet homme dont il avait récolté les cellules trente ans auparavant : une armée de clones...

Wenka sortit du bâtiment et se dirigea vers l'aire d'envol des aéronefs. Il était sûr désormais d'avoir compris la fonction exacte du camp. « Ils les éliminent tous les uns après les autres... Et il n'en reste qu'un à la fin : le plus dur, le plus sauvage, le guerrier parfait ; celui dont le génome permet les meilleures adaptations à la survie et au meurtre. Et ils en font des répliques... C'est le moyen de remplacer la sélection naturelle impitoyable des mondes perdus. Chez les peuples barbares, le phénomène a lieu à l'échelle planétaire, et il en sort des hordes de mercenaires d'une efficacité féroce. Dans l'empire, la civilisation est trop douce ; alors ils ont recréé leur monde perdu à l'échelle d'un camp militaire ! Et il n'y subsiste qu'un seul homme à la fin de chaque cycle : un seul Thorg pour des millions de barbares... Mais avec le clonage, combien peuvent-ils fabriquer de copies ? Peut-être des centaines de milliers, tout l'effectif de la garde impériale... Cela dure depuis Daraugas Ier ! Où prennent-ils ces hommes ? Dans les prisons ? Sur Sirdan, la pire des geôles de l'univers ? Quand je pense que même Dragor V n'a pas mis fin à cette horreur... Les nécessités du pouvoir... En tout cas, son petit salaud de fils doit rêver d'amplifier le phénomène, de multiplier les camps. Et quand il contrôlera HAGC, il n'en aura même plus besoin ! Il pourra fabriquer des milliers de monstres de guerre, sur mesure... »

Un aéronef s'envola pour Rangos avec à son bord Janlö Wenka, le meilleur spécialiste en génétique de l'empire. Epuisé par les voyages qu'il avait effectués en peu de temps et par les émotions qu'il avait subies, il s'endormit.

Dans le rêve qu'il fit, il remplissait des éprouvettes, inlassablement ; des centaines et des milliers d'éprouvettes... Les tubes grossissaient, grossissaient, et à la fin en sortaient des hommes massifs et velus, au front fuyant, aux arcades sourcilières énormes, aux mâchoires de fauve. Ils étaient tous semblables... Ils se rassemblaient en immenses colonnes et marchaient au pas. Au-dessus d'eux flottait, environné de brume, un gigantesque visage : celui de Daraugas III. Avec la voix hystérique de l'instructeur du camp, il hurlait infatigablement les mêmes paroles :

— Tue-le ! Tue-le ! Frappe ! Vas-y, frappe encore ! Crève-le, crève-le !...

CHAPITRE III

Barbarie : force et cruauté de la jeunesse ; cœurs sauvages habités d'un incroyable mépris pour les faibles ; dieux féroces avides de souffrance et de sang ; âmes de charognards faméliques et gloutons, âpres à prendre, dérober, arracher ; hommes assoiffés de vie, lutteurs infatigables à l'énergie animale, taillés dans le roc inaltérable des valeurs les plus fondamentales et les plus primitives de l'univers.

Décadence : sourire sénile, douceur des vieillards ; cœurs tranquilles à la sage tolérance donnée par le temps ; dieux dispensateurs de songes roses dans les palais célestes ; âmes pleines d'une lassitude immense, rendues faibles et désabusées par la facilité, la profusion, l'ennui ; hommes sans foi cherchant l'oubli et la destruction dans des plaisirs vénéneux, glissant doucement vers la quiétude et la mort.

Chaque civilisation oscille en permanence entre ces deux pôles ; elle perd ses forces vitales en gagnant la sagesse, jusqu'à ce que tout s'écroule et qu'à nouveau commencent des âges farouches.

Cela n'aura jamais de fin : quels hommes sauraient bâtir un monde conciliant les inconciliables ? Un monde fort, sage, raffiné, sauvage... Pour y parvenir, il faudrait l'intervention d'esprits surhumains.

Mark Ravon

Questions sur la nature de la société humaine.

Iriak avait quitté sa brûlante planète bien des siècles auparavant, à une époque où les Krüses avaient presque oublié l'existence d'autres mondes et d'autres races. Il était devenu, disait-on, le premier mercenaire de son peuple, et il s'était forgé une réputation de tueur invincible. Lorsque les hommes aux dents d'acier étaient partis de leurs forêts torrides pour vendre leur soif de mort dans l'univers tout entier, certains, parmi eux, avaient côtoyé Iriak. Au sein de chaque génération de Krüses, il y avait des guerriers qui ramenaient, en même temps que le fruit de leurs pillages, des histoires fabuleuses sur son compte.

On le décrivait parfois comme un géant, mais des rumeurs différentes lui prêtaient un corps trapu et court. Certains parlaient de son visage large et plat, d'autres de sa figure anguleuse. Il semblait avoir des centaines d'aspects dissemblables selon les lieux et les âges, mais c'était toujours Iriak, avec sa force meurtrière au combat, sa grande épée rouge, ses yeux de fou, et l'anneau qui luisait autour de son majeur gauche d'une étrange clarté, comme s'il avait été fait d'énergie pure.

Bien des récits mystérieux circulaient sur Iriak le sanguinaire. On disait qu'il pouvait voir dans l'obscurité, comme les chats ; qu'il entendait lorsque les autres restaient sourds ; qu'il lisait dans les âmes et commandait à l'esprit de ses ennemis. Des Krüses qui avaient combattu à ses côtés prétendaient que des cauchemars oppressants le hantaient la nuit, le poussant à délirer dans son sommeil. Il parlait alors avec des voix différentes, comme si de multiples vies habitaient son corps. Et parfois les sons qui sortaient de sa bouche n'avaient rien d'humain, sifflements aigus, grincements métalliques, crissements angoissants que nul n'avait jamais perçus ailleurs.

Lorsqu'un guerrier krüse avait rejoint les hordes qui s'apprêtaient à envahir Sharangir et avait déclaré s'appeler Iriak, tous avaient compris, en voyant l'énorme lame de Narok qui pendait à son épaule, la lueur irréelle qui émanait de sa main gauche et la cruelle folie qui brillait dans son regard, que la légende allait à nouveau vivre parmi eux.

Les Krüses s'étaient disposés en ordre de bataille dans la vallée d'Eden Lomir. Une vingtaine de groupes correspondant à autant de tribus différentes, vingt paquets noirs grouillant d'armes dégainées et de rires féroces faisaient face à la longue ligne blanche des soldats fabériens. Les mercenaires n'avaient pas réellement de chefs. Au hasard des batailles, un homme s'imposait aux autres par sa force et ses exploits et prenait le commandement de sa horde ; mais il pouvait se trouver déchu au combat suivant si son désir de tuer se faisait moins grand. Les Krüses n'avaient guère besoin de généraux à leur tête, étant peu enclins aux manœuvres compliquées, et leur habitude de la guerre était telle qu'ils savaient réagir aux situations les plus difficiles, instinctivement. Soumis à une quelconque discipline, ils étaient moins efficaces, car leur besoin d'égorger, de se couvrir les bras de sang chaud, ne supportait pas de frein.

Avant la bataille, ils n'invoquèrent aucun dieu, ne prononcèrent aucune prière. De telles choses leur paraissaient dérisoires devant la réalité qu'ils côtoyaient chaque jour. Leurs croyances étaient très limitées. Ils savaient que le sang d'un ennemi vaincu apportait à celui qui le buvait sa force, son courage et sa science du combat, à condition d'être absorbé avant sa mort. Les dents de métal qu'on leur implantait leur servaient à se livrer à cet étrange vampirisme, sur leurs prisonniers et même sur les blessés, en plein cœur de la mêlée. Inversement, ils redoutaient qu'un adversaire leur dérobât ainsi leur âme ; c'était leur seule crainte, qui les poussait à ne jamais se rendre et à continuer de se battre même lacérés et mutilés. Ils croyaient aussi en quelques démons grotesques, hideux et puissants, dont le plus grand était Oroum-Golok, Celui-qui-doit-dévorer-le-monde. Tapi au plus noir de la nuit interstellaire, gigantesque hybride d'araignée et de pieuvre, il viendrait un jour vers l'univers des hommes pour s'en nourrir, et ne s'arrêterait que lorsqu'il resterait seul dans le néant, contraint de mettre fin à son monstrueux repas. Les Krüses aimaient Oroum-Golok, fatalité inexorable qui les ramenait à l'essentielle réalité de la mort. A leur manière, eux aussi étaient des dévoreurs de monde...

Les deux armées s'ébranlèrent en même temps, comme si elles répondaient à un invisible signal. Des milliers de flèches volèrent avec des hululements aigus avant de percer les armures et de s'enfoncer dans les chairs. Les Krüses, avec une immense clameur, s'élancèrent au pas de course, dressant leurs bras armés vers le ciel comme pour adresser un sauvage salut à quelque dieu cruel assoiffé de sacrifices. Les motoglisseurs des chevaliers fabériens bondirent pour la charge, et l'énorme phalange de métal fonça sur les mercenaires, nimbée du halo de lumière rouge craché par les réacteurs. A cause de ceux qui avaient alourdi leurs protections par crainte des blessures, la vitesse de tous les engins de combat devait être réduite, et Eremaül maudit ces pleutres qui gênaient son attaque. Il les aurait volontiers laissés en arrière, mais la tentation de s'enfuir eût alors été trop grande pour leurs cœurs faibles et craintifs.

La moitié des tribus krüses s'étaient portées à la rencontre de l'ennemi. Le choc des guerriers blancs contre les guerriers noirs fut terrible, et la masse des lourdes machines de cristacier parut d'abord devoir tout écraser. Les motoglisseurs s'enfonçaient dans les rangs des barbares comme des cognées fendant des bûches de bois tendre. Le vieux roi entendait les corps s'écraser contre la proue de son engin de guerre avec un bruit mat, son épée taillait le métal et la chair, et, grisé par la vitesse et la victoire, il s'imaginait redevenu jeune chevalier au temps glorieux des sept royaumes. A ses côtés, Siriaël crevait les heaumes de son grand marteau de combat, et plus loin, un Fabérien avait embroché de sa lance un mercenaire qui gigotait comme un vilain crabe noir harponné par un pêcheur. Eremaül se prit à croire que Sharangir serait sauvé, et que peut-être, suivant son exemple, les autres rois de Faber sortiraient de leurs retraites dorées pour redonner à leur peuple le goût de ses anciennes valeurs.

Mais dans le choc, l'ordonnance de la blanche phalange s'était trouvée rompue, et chaque chevalier devait se battre isolément. La plupart, encombrés par leur bouclier et les plaques de protection supplémentaires accumulées sur leur motoglisseur, frappaient en aveugles autour d'eux, avec l'énergie frénétique que leur donnait la peur de ces ennemis qu'ils entendaient grouiller de touts côtés sans bien les voir. Les Krüses évitaient leurs coups maladroits et, tendant leurs mains couvertes de cristacier noir, les saisissaient pour les jeter à terre. Paralysés par le poids de leurs armures et par la terreur, les malheureux chevaliers de pacotille ne pouvaient même plus se défendre. Et les barbares, pour ne pas risquer d'en ébrécher la lame, enfonçaient leurs dagues à travers la vitre de cristoplast, moins dure que le métal du heaume, leur crevant les yeux avant de leur percer le cerveau. Rapidement, Eremaül ne vit plus à ses côtés que la poignée de ses meilleurs guerriers, ceux qui l'avaient suivi dans toutes ses guerres.

Sur les flancs de l'armée fabérienne, le désastre était encore plus grand. Quelques tribus krüses s'étaient ruées sur les gros bataillons de soldats novices recrutés en hâte par Eremaül. Ceux-ci avaient d'abord songé à s'enfuir puis, se rassurant à la vue de leurs rangs denses et nombreux, s'étaient décidés à faire face aux petits groupes de mercenaires. Il n'y eut même pas de combat. Les Krüses, frappant de leurs deux poignards à la fois, abattaient tout devant eux, s'enfonçant au cœur des lignes fabériennes tels des forestiers se frayant un chemin dans la jungle à grands coups de machette. Ils riaient, tout éclaboussés de sang chaud, perçant les poitrines, tranchant les mains, égorgeant si vite qu'ils en étaient essoufflés ; ils riaient, pris par l'hystérie meurtrière de cette boucherie, mais d'un rire un peu gêné, comme s'ils avaient voulu s'excuser de ne pouvoir fendre toutes ces gorges qui s'offraient à eux, penauds devant cette abondance de vies qu'ils n'arrivaient pas à prendre assez vite.

Les Fabériens frappaient dans le vide, ils étaient débordés par la vitesse de ces adversaires qui se dérobaient devant chacun de leurs coups. Tout était si rapide qu'ils ne pensaient même plus à la fuite, hébétés par le spectacle de leurs ennemis inaccessibles et leur propre massacre. Certains s'évanouissaient, terrorisés, écœurés par les flots de sang et les membres coupés ; leurs corps allaient se perdre au milieu de l'amoncellement des cadavres. Parfois, les barbares, épuisés d'avoir tant tué, se penchaient sur les blessés qui gisaient au sol, relevaient la visière de cristoplast de leur casque et, avidement, buvaient le sang par les failles des armures lacérées ou par les plaies béantes. Puis ils reprenaient leur besogne, soutenus par le sentiment d'avoir reçu une énergie nouvelle. Et soudain, en quelques instants, tous les Fabériens prirent conscience de ce qui se passait. Les deux immenses légions qui flanquaient la chevalerie d'Eremaül éclatèrent d'un seul coup, et leurs soldats s'enfuirent avec dans les yeux des larmes de terreur et les images persistantes du cauchemar qu'ils venaient de vivre.

L'aile droite de l'armée royale avait tenu à peine plus longtemps. Les Krüses, saisissant à pleines mains les piques pointées contre eux, les écartant pour se faire un passage, s'étaient jetés sur les soldats d'élite et les avaient entraînés dans un furieux corps à corps. Il leur tranchaient le cou de leurs poignards de cristal, leur perçaient le crâne à coups redoublés comme s'ils piochaient le roc. Il n'y avait plus de phalange, plus de bataille rangée ; il ne restait qu'une mêlée confuse dans laquelle les barbares abreuvaient la terre du sang de leurs ennemis et répandaient leurs entrailles sur le sol.

De l'autre côté de la vallée, une seule tribu affrontait l'aile gauche des troupes d'Eremaül, mais Iriak était à sa tête. Sa lourde épée tranchait les hampes des lances qui cherchaient à l'atteindre, faisait voler les têtes et les membres. Les Krüses, émerveillés par son art du combat, en oubliaient de participer à la bataille. Les Fabériens, sentant confusément qu'ils pouvaient changer le cours des choses en le tuant, se pressaient autour de lui, essayant furieusement de l'abattre. Les lames frôlaient son armure sans jamais le toucher, et Iriak, inépuisable, continuait sa danse dont chaque pas signifiait la mort d'un ennemi. Désespérés, les soldats d'élite refluèrent vers Eden Lomir.

Eremaül était blessé à l'épaule, et seuls les prodiges que Siriaël accomplissait à ses côtés lui avaient évité d'être jeté à terre. Les chevaliers s'étaient regroupés pour mieux faire face aux vagues noires qui déferlaient sur eux, mais leur bloc était peu à peu rongé par les assauts des sauvages. Le roi aperçut la débandade de ses fantassins et donna le signal de la retraite.

Les chevaliers qui étaient encore montés sur un motoglisseur se replièrent vers la ville.

Les Krüses se retrouvèrent seuls. Ils restaient immobiles, un peu ébahis par le silence qui succédait soudain aux bruits de la bataille, surpris aussi d'une victoire si facile. Un mugissement monstrueux, venu d'Eden Lomir, s'éleva alors sur la vallée, et beaucoup de mercenaires pensèrent qu'un orage approchait. Mais le ciel était pur, et le grondement, continu et de plus en plus fort, n'avait rien à voir avec le tonnerre. Trois gigantesques silhouettes noires se dressèrent au-dessus de l'enceinte de la ville et, dans un vacarme effroyable, écrasèrent sous leurs énormes chenilles les murailles de métal. C'étaient d'anciennes machines de guerre, colosses de cristacier qu'on entretenait depuis mille ans dans les caves d'Eden Lomir en prévision d'un désastre militaire, espoir ultime de la civilisation de Sharangir ; et en ce jour, les Fabériens avaient réveillé les trois monstres de leur long sommeil. On les avait construits si gros qu'ils ne pouvaient passer par les portes de la cité, et ils avaient dû sortir en crevant ses murs sous leur masse. Chaque plaque de leurs chenilles pesait une tonne, et leur blindage de cristacier était quasiment invulnérable. Ils étaient gorgés d'engins de mort, mus par des moteurs nucléaires. On les avait dotés d'une intelligence artificielle sommaire et primitive, n'admettant que deux objectifs : se défendre et détruire tout ennemi. A leur faîte tournait une grosse boule translucide, œil unique de ces cyclopes mécaniques.

Les Krüses étaient restés sur place un long moment, stupides, ne comprenant rien à ces apparitions. Certains naïvement, imaginaient que c'étaient des enfants d'Oroum-Golok précédant la venue de l'abominable divinité. Puis ils commencèrent à refluer vers les collines, réalisant enfin à quoi ils avaient affaire. Ceux qui avaient trop tardé furent rejoints par les monstres de métal, très rapides malgré leur énormité. Les gigantesques chenilles se mirent à broyer les corps des mercenaires, et le sang des Krüses giclait sous les grosses plaques comme du jus de raisin au sortir d'un pressoir. Les trois machines déclenchèrent aussi leurs armes, vomissant devant elles un jet de plasma surchauffé qui sublimait le métal des armures et vaporisait la chair. Les lasers des tourelles traçaient de grandes courbes, déchiquetant les corps des barbares.

En un instant, tous ceux qui ne s'étaient pas réfugiés sur les hauteurs avaient été exterminés par les titans de cristacier. Pendant un long moment, les trois monstres tournèrent en rond, cherchant les traces d'une vie qui n'existait plus, bougeant en tous sens leur œil globuleux, repassant plusieurs fois sur les cadavres dont il ne resta plus à la fin que des taches rougeâtres imprimées dans la terre. Puis les machines à tuer s'ébranlèrent en direction des collines.

Les restes de l'armée fabérienne s'étaient regroupés devant Eden Lomir. Les habitants de la ville, qui avaient suivi toute la bataille, les acclamaient frénétiquement, fous de joie devant la retraite des Krüses, alors que quelques instants auparavant ils s'imaginaient déjà aux mains des barbares. Mais Eremaül était inquiet. Il savait que quelque chose pouvait se produire, et son regard restait fixé sur les hauteurs où s'abritait l'ennemi.

Une lueur argentée fusa soudain de la plus proche colline, droit vers l'un des colosses de métal. Son gros œil artificiel pivota, et la machine, fouillant dans son infaillible mémoire, reconnut la menace. Un rayon rouge jaillit de son flanc, et l'objet brillant fut pulvérisé avant d'avoir atteint son but. Mais de tous les contreforts rocheux s'envolaient maintenant des insectes argentés, convergeant en direction des monstres-robots. Ces derniers faisaient cracher leurs armes, s'environnant d'une aura rougeoyante formée par les lasers. Pourtant, un projectile finit par atteindre le monstre du centre, le transformant instantanément en une lueur aveuglante. Puis il y eut un bruit de tonnerre, et un immense champignon de terre et de débris métalliques s'éleva au-dessus de la vallée. Les deux autres colosses subirent le même sort dans les secondes qui suivirent, et lorsque le vent eut dissipé la poussière, les Fabériens virent avec horreur qu'à l'endroit où se dressaient avant leurs formidables gardiens mécaniques, il ne subsistait plus que trois énormes cratères fumants.

Eremaül avait perdu son pari. Daraugas avait dû prévoir la présence de machines de guerre à Eden Lomir, et il avait doté les mercenaires de missiles thermonucléaires miniaturisés. Déjà, les Krüses se rassemblaient dans la vallée...

Il ne restait plus au vieux roi qu'à livrer son dernier combat. Il disposa les restes de son armée au pied des murs de la ville : une centaine de chevaliers et moins d'un millier de soldats d'élite avaient choisi de rester pour se battre. Tous les autres avaient fui, les plus lâches avant même l'apparition des monstres de métal, la plupart lorsque le dernier espoir de vaincre les Krüses s'était évanoui dans une gigantesque colonne de fumée.

Les barbares venaient de contourner les cratères, prudemment. Ils scrutaient les murs et les hautes tours de la cité, cherchant quelque nouveau piège, s'attendant à voir surgir d'autres machines-tueuses, tendaient l'oreille à l'affût des prémices d'un grondement annonçant la venue de colosses de cristacier. Mais au fur et à mesure qu'ils approchaient de la ville de lumière, leur habituelle assurance de bêtes de proie reprenait place dans leurs cœurs. Ils n'avaient perdu qu'un cinquième de leur armée, essentiellement à cause des titans mécaniques vomissant le feu et la mort. Désormais, ils étaient bien plus nombreux que les Fabériens, se savaient plus forts, plus cruels ; et Iriak se tenait toujours parmi eux, brandissant son épée rouge. Ils avaient compris que la poignée d'hommes regroupés devant eux constituait le dernier obstacle à franchir avant d'entrer dans la ville.

Arrivés à portée de voix de leurs ennemis, ils se mirent à leur lancer des quolibets, s'excusant en minaudant de devoir tacher de rouge leurs belles armures immaculées. Ils découvraient en riant leurs crocs d'acier, et demandaient si les femmes d'Eden Lomir avaient la chair aussi tendre que ses soldats. D'autres poussaient des hurlements de fauves, essayant de se replonger dans l'ambiance sauvage et enivrante de la bataille qu'avait interrompue l'intervention des trois robots géants.

Eremaül savait que tout était perdu, mais d'une certaine façon, il se sentait plus rassuré qu'avant le début du combat. Autour de lui ne restaient plus que les meilleurs des chevaliers et les soldats les plus courageux. Ils avaient choisi leur mort, et de toute façon, la fuite était impossible. L'affrontement qui se préparait serait beau, et les Fabériens n'auraient pas à subir la honte d'une débandade générale.

Les Krüses attaquèrent de toutes parts, pressés d'en finir pour pouvoir mettre à sac Eden Lomir. Ils se souvenaient de la pitoyable résistance des guerriers à l'armure blanche lors du premier choc, et ils se jetèrent en avant, frappant de manière désordonnée pour tuer le plus vite possible. Mais les Fabériens luttaient avec l'énergie farouche de ceux qui n'ont plus rien à espérer. Serrant leurs rangs, ils repoussèrent les barbares.

Ces derniers, enragés de ne pouvoir tout balayer devant eux, oubliaient leurs techniques de combat. Ils s'embrochaient sur les piques, découvraient leur poitrine et leur gorge, cherchant trop à enfoncer les lignes ennemies sous leur poussée, négligeant de parer les coups tant ils étaient aveuglés par la fureur. Ils s'étaient tous rués contre le carré fabérien, et se trouvaient tellement serrés les uns contre les autres que leur nombre les gênait, entravait leurs mouvements. Les corps en armure noire s'entassaient devant les chevaliers, et les Krüses trébuchaient sur les cadavres de leurs compagnons. Eremaül, levant Payalareth vers le ciel, entonna un ancien chant de guerre fabérien, et tous ses hommes, galvanisés par le vieux roi, se mirent à chanter eux aussi. Les mercenaires ne leur semblaient plus invincibles ; ils les voyaient s'écrouler sous leurs coups comme des animaux à l'abattoir. Tout pouvait encore basculer...

Alors Iriak se porta au plus fort de la mêlée. Sa grande épée rouge taillait une brèche sanglante dans les rangs fabériens, et il avançait, invulnérable. Trois soldats bondirent sur lui pour le poignarder, l'agrippant par les bras et le cou. Il s'ébroua, et les trois hommes furent rejetés comme des roquets par un taureau. Sa lame tournoya et les têtes des téméraires roulèrent sur le sol ; le coup avait été si rapide que le sang des trois vaincus fit, l'espace d'un instant, un grand cercle rouge autour de lui. Un chevalier brandit son énorme hache pour le frapper, mais l'épée d'Iriak était dix fois plus prompte. Le Fabérien s'écroula, les bras tranchés, et son arme, qui parut un moment devoir continuer sa course dirigée par deux mains sanglantes, retomba à terre. Rien ne pouvait arrêter le Krüse. Pourtant, tous les chevaliers avaient compris quel était son objectif: Iriak allait atteindre le roi, et le tuer...

Les armures blanches, serrées les unes contre les autres, dressaient sans cesse des barrages devant lui. Mais il avançait sans qu'aucune lame pût seulement l'égratigner, creusant dans le métal et la chair un tunnel sanglant tapissé de cadavres et de membres coupés, avec une infatigable obstination de bon ouvrier. Derrière lui, les mercenaires s'engouffraient dans la brèche, redevenus ces combattants diaboliquement efficaces qu'ils avaient oublié d'être, par fureur, pendant un instant. Le bloc soudé des Fabériens était sur le point d'éclater, Eremaül allait être rejoint.

Alors Siriaël se dressa sur le chemin du guerrier aux yeux de fou. Déjà, l'énorme épée rouge était partie vers la poitrine du vieux roi, mais le marteau de combat du chevalier l'intercepta dans sa course. Les deux armes étaient tirées du même cristal, le Narok d'Igri-Tundül, pierre ardente comme de la braise et plus dure que toute matière au monde exception faite du Baurogorth ; elles se heurtèrent dans une gerbe d'étincelles, sans que l'une ou l'autre cédât d'un pouce, et les deux plus forts guerriers de la bataille d'Eden Lomir se trouvèrent face à face. Eremaül fit alors une chose insensée : il se jeta en avant, brandissant Payalareth, l'épée des rois, et, hurlant le nom d'Assil, il frappa Iriak de toute la force d'un souverain qui lutte pour son peuple, d'un homme qui se bat pour sa foi, d'un vieillard qui va mourir et qui veut se souvenir un dernier instant de l'époque où il était jeune et où les choses lui semblaient meilleures. L'épée du Krüse fit un va-et-vient très rapide ; un coup pour parer, un coup pour ouvrir la poitrine d'Eremaül. Des dizaines de mains noires et avides se tendirent vers le roi abattu, et plusieurs barbares se penchèrent sur lui pour boire son sang. Ils furent déchirés de coups avant d'avoir pu l'atteindre. La bataille s'engageait maintenant pour le corps du dernier vrai monarque fabérien. Au bout d'un moment, il fut clair qu'un seul combat allait compter, et tous s'arrêtèrent pratiquement de lutter pour le regarder.

Siriaël était un colosse. Il maniait un énorme marteau de combat, immense hampe de cristacier blanc terminée par un cristal Narok taillé en double pointe, plus gros qu'une tête humaine. Sa force était légendaire ; son courage aussi. En lui vivait l'ancienne noblesse des chevaliers, celle du temps d'avant leur oubli du monde et de ses guerres.

Iriak était beaucoup plus petit, moins puissant également ; sa stature était celle d'un homme banal. Il brandissait une épée à deux mains dont la lame était presque courte pour une arme de ce type, mais incroyablement large et épaisse, recourbée, à un seul tranchant ; semblable en fait à un monstrueux hachoir. Son désir de tuer était légendaire ; sa cruauté aussi. En lui vivaient la barbarie d'un monde hostile aux hommes et une force mystérieuse, accumulée depuis des temps immémoriaux, issue d'une inconcevable origine.

Le Fabérien attaqua le premier. Son coup était lourd et rapide, mais le guerrier aux dents de métal l'esquiva sans un mouvement de trop, presque avec grâce. Siriaël ne lui laissa pas le loisir de riposter. Il faisait tournoyer son arme, décrivant de grands cercles avec ses bras musculeux. L'épais bloc de cristal frôlait Iriak sans le toucher, et jamais le barbare ne semblait devoir être atteint, comme s'il exécutait une danse magique. Mais le Krüse ne pouvait pas contre-attaquer ; à chacune de ses tentatives, son épée heurtait le lourd marteau de guerre propulsé par la force incroyable de son adversaire. Siriaël se battait pour le corps de son roi mourant avec plus d'énergie qu'il ne s'était jamais battu pour la vie d'Eremaül, et ses coups auraient arraché la grande épée rouge des mains de n'importe quel homme. Mais lors des chocs entre les deux armes, les bras d'Iriak ne tremblaient même pas. Et il ne montrait aucune fatigue alors que le Fabérien peinait pour maintenir sa cadence de bûcheron. Le sauvage attendait, comme un loup pourchassant sa proie attend patiemment que la fatigue fasse son effet.

Pourtant, le chevalier trouva un second souffle car sa force était exceptionnelle, et sa volonté surhumaine. Ses attaques se firent plus rapides, plus dangereuses ; les bras d'Iriak faiblissaient presque, sous ses assauts de titan. Ce fut alors que l'esprit de Siraël commença à s'embrumer.

Une voix intérieure lui dictait des ordres, une voix à laquelle il était incapable de désobéir ; et cette voix lui commandait de fixer le regard du mercenaire. Le Fabérien, docilement, soumit sa volonté. Dans les orbites d'Iriak, il lui sembla qu'il n'y avait plus d'yeux, seulement deux trous ouverts sur une fournaise ardente. Fasciné par ces tisons rougeâtres qui éclairaient le heaume noir d'une lueur infernale, le géant blond sentit ses gestes se ralentir, progressivement, comme s'il était une machine arrivant au bout de ses réserves d'énergie et continuant malgré tout à fonctionner pitoyablement. Le gros hachoir du Krüse lui trancha le bras droit, puis lui ouvrit le ventre, mais Siriaël tenait debout, soutenu par une force extérieure invisible. Iriak le dépeçait vivant avec la frénésie d'un homme qui assouvit une vengeance bien mûre.

Soudain, le feu qui brûlait dans les orbites du barbare s'éteignit, et Siriaël s'écroula, pantin de chair meurtrie et saignante. Iriak lui porta un dernier coup avec un grognement de fauve. Deux Krüses bondirent comme des hyènes pour boire le sang du grand chevalier terrassé, mais son vainqueur les écarta violemment. Puis, d'une voix étrangement calme :

— C'est inutile ; il est mort : son sang ne vaut rien...

Il ne restait plus que quelques Fabériens qui

luttaient, îlots blancs au milieu d'un océan d'armures noires. Puis tout fut submergé par les sauvages.

Le soleil bleu de Sharangir ne s'était pas encore couché au fond de la vallée d'Eden Lomir lorsque les Krüses entrèrent dans la ville.

*
**

Aujourd'hui est un Dayi Nagué, un jour sacré pour Oningu. Il a atteint l'âge de cinq ans et demi ; il a accompli exactement la moitié de sa vie d'enfant… Cinq années orusiennes et six mois orusiens ; comme tous les peuples, les Kreels mesurent le temps qui s'écoule en se référant au rythme de la planète Orus. Personne ne sait pourquoi…

Aujourd'hui, Oningu doit faire entendre son premier chant à Fayano Bundadaya, le village des arbres. Ils sont si nombreux à s'être assemblés autour de lui, sous l'immense voûte feuillue de la grand'place tapissée de mousse verte et bleue… Mais son grand-père est là, qui l'a accompagné ; et Aru Barani a apporté son tonango. Il s'est accroupi et attend. Alors Oningu s'approche du vieil aveugle et lui effleure la joue du bout des doigts.

Un cœur puissant se met à battre ; c'est le

tonango qui s'éveille. Et le jeune garçon chante, il chante l'histoire du début des âges :

« Au commencement était la grande prison de métal
Où Jaambé avait enfermé les hommes
Et autour d'eux régnait le néant
Leurs cœurs étaient tristes
Dans ce monde d'acier laid et froid
Mais ainsi en avait décidé le tout-puissant
Car aux hommes il voulait donner la sagesse
Et il n'y a nulle sagesse sans épreuve

Ceux du peuple noir mouraient
Et leurs enfants mouraient
Toujours entre les murs luisants
De l'étroite prison suspendue dans l'obscurité
Alors leur âme mélancolique se souvint
Elle se souvint des chants et des prières d'autrefois
Chants de souffrance et d'espoir
Prières pour atteindre la félicité de Jaambé
Car déjà dans une autre vie
Ils avaient connu la douleur de vivre sans liberté
Et de voir leurs enfants grandir dans les chaînes
A nouveau la foi les réunit
A nouveau leur musique s'éleva

Engendrée par le malheur et l'espérance
Elle s'éleva jusqu'à Jaambé
Et il sut qu'il était temps pour eux de sortir de la nuit

Avec la chaleur de leur musique
Il fit un soleil brûlant et rouge
Et les hommes virent enfin une lueur dans le néant
Avec l'espoir et l'amour de leurs paroles
Il façonna un monde neuf
Le rythme de leurs chants fit se dresser des montagnes
Et le Limbu surgit de la terre
S'élevant jusqu'au ciel

Emu par la douceur de leurs mélopées
Jaambé se mit à pleurer
Ses larmes de tristesse nées de la souffrance des hommes
Engendrèrent les océans
Et ses larmes de joie
Versées devant leur bonheur à venir
Ruisselèrent sur le monde
Et le couvrirent de rivières
Alors Jaambé fit se dresser les forêts
Pour que les hommes toujours se souviennent
Que les chants comme les arbres doivent avoir des racines

Plus les racines sont profondes
Plus l'arbre est beau
Et partout il répandit des animaux
Pour qu'ils aillent en liberté
Et que les hommes emplissent leur musique de liberté

Enfin au plus profond de l'océan
S'éveilla sa dernière créature
Naa Charakidaya le grand requin
La mort blanche
Afin que les hommes n'oublient pas le malheur
La peur et la souffrance
Sans lesquels la vraie beauté
Jamais ne pourra naître

Et Jaambé brisa la prison de métal
Pour offrir le monde aux hommes »

La voix de l'enfant s'est tue. Et tous sont émerveillés. Aru Barani est heureux, il a ressenti dans le chant de son petit-fils la pureté, la force et l'amour qui font vivre les sons.

Oningu se penche vers le vieil homme et lui chuchote :

— Je me souviens de ce que tu m'as expliqué, grand-père. Je sais que Jaambé n'est pas ce que raconte ce chant, qu'il est bien plus que cela… Mais ce conte est tellement beau… C'est pourquoi je l'ai choisi parmi tous ceux que tu m'as appris.

— Tu as raison, Oningu. Jaambé n'est pas le créateur, il est la matière, la pensée et le rêve… Mais ça, c'est moi qui te l'ai enseigné. La vérité n'existe nulle part en particulier ; il faut la chercher partout, dans les paroles d'un vieillard et dans les légendes du début des âges…

Le vieillard baisse la tête et continue à parler, pour lui-même :

— C'est une drôle de chose que la vérité… Aucune parole ne peut l'exprimer ; et toutes les paroles en recèlent un fragment.

Aru Barani se lève et prend la main de l'enfant.

— Tu as très bien chanté, Oningu. Rentrons à la maison, maintenant.

CHAPITRE IV

L'extrême solitude, en nous débarrassant du fardeau accumulé par des millénaires de vie grégaire, croyances, morale, lois, règles sociales, peut nous conduire sur deux voies.

L'une est le retour vers une sorte d'état animal. L'homme seul retrouve peu à peu l'intégrité des pulsions fondamentales que la vie en communauté avait gommées, étouffées. Il réapprend à se comporter en être vivant, mais reste incomplet, car seul le côté instinctif et sauvage de l'homme se développe en lui.

L'autre voie mène vers l'exaltation de la pensée. L'esprit, libéré des barrières qui le canalisent, peut trouver sa véritable expression, utiliser pleinement toutes ses potentialités. Mais celui qui s'engage dans cette direction reste également incomplet, car seul le côté spécifiquement humain se développe en lui, au détriment de la force vitale, primitive et animale, qui elle aussi fait partie intégrante de l'homme.

Celui qui saura suivre ces deux voies opposées mais complémentaires aura trouvé le chemin de l'accomplissement total, le chemin de la paix.

Le chemin de la paix, Bandigo Ikoda

Stanley entra dans le dojonko, salle d'entraînement au sol couvert d'une épaisse natte, et s'accroupit à une extrémité de la grande pièce souterraine. Il défit sa ceinture et ôta sa veste de kimono, qu'il plia soigneusement avant de la déposer à côté de lui. Il restait vêtu de son seul sayongo noir, celui qu'on lui avait donné pour son premier combat à Faya Nubangui, au cours duquel un frêle adolescent l'avait vaincu. Et aujourd'hui, six mois après, il s'apprêtait à une joute autrement plus difficile. Le Sven fixa son regard de glace sur le mur lisse et sombre qui se trouvait devant lui, et commença à faire le vide dans son esprit...

Après l'avoir recueilli et soigné, après l'avoir mis à l'épreuve, les Kreels avaient enseigné à Stanley leur façon de lutter, un art martial extrêmement complexe, mystérieux et redoutable. Il connaissait désormais les sept points de la tête et les cinq points du corps sur lesquels un coup adroitement porté tuait instantanément, ces douze upoko saki, lieux de la mort, où l'être d'énergie se rattachait à l'être de matière. Et il savait aussi d'autres endroits, au nombre de dix-neuf, qui étaient reliés à la volonté par un réseau de lignes de force ; sur eux, une simple pression des doigts pouvait entraîner soit la paralysie d'un membre, soit une syncope immédiate, selon la technique employée. Il avait appris comment, à mains nues, éventrer, saigner, étouffer. Ses poings, ses coudes, ses genoux, ses pieds et son crâne étaient devenus des armes formidables, et on lui avait enseigné un nombre incalculable de prises, de coups et d'enchaînements afin de les utiliser au mieux.

Chaque jour, pendant des heures, il avait inlassablement répété les mêmes exercices pour mémoriser les leçons de ses maîtres, assouplir son corps et fortifier ses membres. Il savait encore mieux se défendre qu'attaquer, car sa prudence naturelle lui faisait exécuter, instinctivement, chaque parade à la perfection. Il avait acquis les sensations nécessaires à la totale maîtrise de son être de matière, pouvant se positionner dans l'espace exactement comme il le désirait ou contracter n'importe lequel de ses muscles indépendamment des autres. Cette dernière faculté était d'ailleurs fondamentale dans une des méthodes de combat des Kreels, celle qui leur avait valu la terrifiante réputation de tuer sans utiliser d'armes.

Les hommes noirs possédaient les meilleurs forgerons de l'univers, et chaque armure qu'ils fabriquaient était un véritable chef-d'œuvre.

Dans l'épaisseur du cristacier se dissimulaient des lames de Gaïnkish pouvant, grâce à un mécanisme intégré lui aussi dans les plaques de métal, sortir hors de leurs caches ou s'y rétracter, telles des griffes de félin. La contraction de certains muscles du corps commandait ce mouvement des stylets de cristal. Un Kreel, lorsqu'il devenait manga, était capable de faire jaillir des pointes de Gaïnkish de ses bottes ou de ses gantelets, de ses brassards ou de ses renforts de coudes et de genoux à l'instant précis où il portait un coup, pour les faire disparaître dans la fraction de seconde suivante. Une telle façon de donner la mort avait contribué à entourer les hommes du peuple noir d'une aura mystérieuse et angoissante ; et pourtant, il était excessivement rare qu'un Kreel eût besoin de se battre...

Cette technique redoutable exigeait un contrôle total du corps et des réflexes foudroyants. Pour la maîtriser et posséder de manière satisfaisante chacun des aspects de l'art martial kreel, qui comprenait également l'utilisation de toutes les armes connues, il fallait à ceux qui souhaitaient devenir des mangas dix années de travail quotidien. Stanley y était parvenu en six mois.

Le Sven n'avait jamais étudié les méthodes

de combat auprès de maîtres qualifiés, comme beaucoup de guerriers, mais une destinée cruelle avait fait de lui un tueur plus efficace que tous ceux qu'il avait côtoyés sur les champs de bataille. Stanley était un autodidacte du meurtre et de la survie ; l'existence s'était chargée de lui donner les plus dures des leçons, et il les avait bien assimilées. Lorsque les Kreels lui enseignèrent pour la première fois les différentes façons d'abattre un homme, il avait déjà éteint des centaines de vies. Lorsqu'ils lui apprirent l'art de l'esquive, il avait maintes fois échappé à la mort. Lorsqu'ils lui montrèrent comment acquérir force, endurance et vitesse, les épreuves qu'il avait traversées lui avaient déjà donné des muscles durs comme du métal, l'énergie d'un fauve traqué et les réflexes d'un cobra.

Aussi avait-il très vite compris tout ce qu'on lui avait expliqué. La connaissance des techniques des Kreels, révélées à l'aube de leur civilisation par les Naa-Gundis et perfectionnées par des milliers de générations, venait achever une œuvre largement ébauchée. La vie avait façonné Stanley dans une matière inaltérable et avait commencé un travail auquel les hommes noirs avaient apporté la touche finale, semblables à un tailleur qui trouve une pierre d'une pureté absolue, aux formes presque idéales, et la polit patiemment, précautionneusement, pour finalement aboutir à une arme parfaite. Car c'était exactement ce qu'était devenu le Sven, une arme parfaite. Il était affûté et froid comme une lame de Gaïnkish, et ses yeux avaient la couleur du Baurogorth, aussi vides de passion qu'un morceau de cristal.

Mani Okondo s'était chargé de son éducation, et dès le début avait cherché à l'humilier par tous les moyens, ressentant pour cet homme pâle et maigre, si différent de lui, une haine farouche. Mais Stanley était inaccessible à l'humiliation, comme à tous les autres sentiments humains. Devant l'agressivité du grand Kreel, il s'était durci encore plus, s'entraînant avec une obstination de forcené, inlassablement, ne s'arrêtant que lorsqu'il s'écroulait de fatigue.

Le mercenaire avait horreur de se sentir reclus et contraint, tel un fauve mis en cage. Mais le combat qu'il avait perdu contre un adversaire à peine sorti de l'enfance l'avait convaincu d'accepter son séjour dans la cité de pierre. Il voulait connaître tous les secrets des Kreels, non par un désir ambitieux comme Mani Okondo, mais par instinct. Il savait que les mystérieuses techniques des hommes noirs lui apporteraient un moyen de plus de satisfaire la seule pulsion qui gouvernait son esprit, le besoin de tuer et de survivre. Il avait décidé de rester, et d'apprendre.

Il n'avait que très peu de contacts avec les habitants de Faya Nubangui. On lui avait donné une petite chambre, froide et nue, presque une cellule, dans un endroit isolé de la cité souterraine. Peu à peu, sa liberté de déplacement était devenue plus importante ; les portes qui auparavant restaient fermées à son approche s'ouvraient désormais devant lui. Il avait pu progressivement côtoyer un nombre de plus en plus grand de Kreels. Mais il ne leur adressait jamais la parole, et eux n'osaient guère faire les premiers pas.

Les hommes de ce peuple étaient foncés de peau, avaient des épaules puissantes, des traits larges, des lèvres charnues, des cheveux noirs et crépus coiffés en longues nattes, et leur regard était sombre et brûlant. Stanley avait une peau livide, un corps mince, un visage anguleux au nez étroit, des lèvres fines et pâles, des cheveux d'une blondeur confinant au blanc, coupés très court, et des yeux étranges, clairs et froids comme de la glace. Les Kreels aimaient parler et rire, d'une belle voix aux accents musicaux. Le mercenaire semblait plongé dans un mutisme permanent, et lorsque parfois il prononçait quelques mots, c'était sur un ton grave et monocorde, sans vie. Les gens de Faya Nubangui pratiquaient un mode d'existence très communautaire, se regroupant fréquemment pour manger ensemble, discuter, chanter. Stanley recherchait la solitude.

Les Kreels, quoique très intrigués par un être aussi différent d'eux, n'avaient pas cédé à leur curiosité en lui posant des questions. Le Sven ignorait si c'était par respect pour son silence, par répulsion ou à cause de consignes précises ; d'ailleurs, cela lui était égal. Mais il observait... Par tous les moyens, excepté le contact direct, il cherchait à savoir exactement à quel genre de peuple il avait affaire.

A son arrivé, Fana Kabungué lui avait donné quelques explications sur le sort qu'on lui réservait. Le vieillard lui avait parlé du combat qu'il devrait livrer, et par la suite lui avait annoncé qu'on lui enseignerait les arts martiaux kreels. Chaque fois, il s'était adressé à Stanley en orusien, la langue la plus répandue parmi les différents peuples de l'univers. Lors de ses rares échanges de paroles, le mercenaire s'était alors toujours exprimé en orusien. Mais il avait demandé à avoir des textes en kreel afin de connaître la langue de ses hôtes ; et tous les soirs, il étudiait. En quelques mois, il en avait appris suffisamment pour comprendre la plupart des conversations qu'il entendait. Il avait réalisé que bien des choses étaient considérées comme taboues pour lui. Les documents qu'on lui avait remis semblaient avoir été soigneusement sélectionnés. Bien que ne connaissant pas l'étendue de ses progrès dans l'étude de leur langue, les Kreels évitaient certaines conversations devant lui. Et il y avait encore des portes qui lui étaient interdites. Cependant, Stanley commençait à se faire une idée de la civilisation kreel, quasiment inconnue des autres peuples...

Il avait compris l'importance des cercles argentés brodés sur les vêtements de ses hôtes, et savait que leur nombre correspondait à une stricte hiérarchie. Il côtoyait surtout des Kreels possédant trois ou quatre cercles et beaucoup d'adolescents, qui en étaient dépourvus. Parfois, il apercevait des hommes plus âgés dont la robe noire était ornée de six anneaux entremêlés. Il avait remarqué que Mani Okondo en portait cinq et Fana Kabungué sept. Stanley pensait que ce chiffre sept représentait le plus haut degré de la hiérarchie kreel et considérait le vieux maître des Naa-Sakis comme le chef de la cité.

Constamment, le mercenaire faisait des comparaisons entre cette société qui l'avait recueilli, celle des Svens, son peuple, et celle des Moog-Saïs chez qui il avait passé trois ans de sa vie. Si au premier abord la civilisation des Kreels pouvait sembler plus proche de celle des Svens, renfermée sur elle-même, exaltant l'effort, policée et pacifique, Stanley lui trouvait en fait de grandes similitudes avec le sauvage mode d'existence des barbares moog-saïs. Il avait l'impression que malgré des comportements de peuple évolué, une évidente douceur au niveau des relations humaines, un goût prononcé pour l'art et l'esthétisme, les Kreels avaient conservé, fondamentalement, la dure rigueur des peuples primitifs. Il avait observé que la communauté était essentielle pour eux ; certaines conversations qu'il avait réussi à surprendre évoquaient de mystérieux rites initiatiques ; leur discipline était extrêmement sévère, et chacun devait obéir scrupuleusement aux règles édictées au profit du groupe.

Il existait un contraste étonnant entre le sentiment de parfait achèvement que donnait l'expression de la technique des Kreels dans certains domaines, et le vide scientifique qui se manifestait par ailleurs. A Faya Nubangui, il n'y avait ni machines, ni robots, ni ordinateurs ; Stanley n'avait vu aucun projecteur à hologramme, aucun rayon porteur, aucun télécran... L'ameublement des salles de la ville souterraine était extrêmement simple, et certaines pièces contenaient seulement une natte couvrant le sol. Le niveau technologique des Kreels semblait identique à celui des Moog-Saïs et des autres peuples barbares ; races primitives achetant aux mondes du centre des vaisseaux cosmiques et quelques gadgets fonctionnant sur piles atomiques mais incapables de construire, réparer ou même faire marcher la plupart des matériels sophistiqués couramment utilisés par ceux des quatre alliances.

Pourtant, les Kreels avaient atteint un niveau très élevé dans la maîtrise de nombreuses techniques. Leurs armures, le mercenaire avait pu l'apprécier, étaient incomparablement supérieures aux meilleurs travaux des plus grands artisans de Rinaël, Faminor ou Mingol. L'architecture de Faya Nubangui était une merveille de simplicité et de subtilité additionnées ; au bout de plusieurs mois passés dans les profondeurs de la cité de pierre, le mercenaire commençait à peine à découvrir toutes les finesses de sa construction, et il était certain que les zones de la ville qui lui demeuraient interdites recelaient d'autres splendeurs aux creux de la roche noire. Faya Nubangui était une sphère, une gigantesque sphère forée dans le granit sombre des contreforts du Limbu ; et les milliers de chambres, de salles, de couloirs qui formaient les cellules de cette colossale ruche de pierre étaient taillés à même le roc... Aucune cloison n'avait été dressée avec un assemblage de moellons. Chaque parcelle de la cité était en continuité avec l'ensemble, et le sol que foulait n'importe quel habitant de Faya Nubangui faisait partie du même bloc titanesque que le cœur pétrifié des plus hauts sommets du Limbu.

Stanley avait pu parcourir tout le pourtour de la sphère, longer les immenses corridors aux voûtes d'arêtes ou en berceaux, marcher des heures dans le dédale des pièces en enfilades et des escaliers en colimaçon, voir s'ouvrir les lourds opercules de roche qui obturaient l'entrée des chambres ; mais jamais il n'avait réussi à s'enfoncer vers le centre de l'ensemble... Les portes qui en commandaient l'accès restaient fermées à son approche, et l'espace autorisé au mercenaire se limitait à la couche la plus superficielle de la cité. Il était pourtant sûr qu'aucun système de reconnaissance visuelle ou par signature thermique n'actionnait l'ouverture des panneaux de pierre ; pour cela, il aurait fallu un ordinateur central de contrôle, et les Kreels vivaient de toute évidence dans un monde primitif dépourvu d'informatique. D'ailleurs, il n'avait décelé aucune caméra dissimulée près des portes. Stanley était convaincu que le système était beaucoup plus simple, du type lecteur mural reconnaissant un signal bien particulier, l'empreinte d'une main par exemple ; mais en l'occurrence, la nature de ce signal restait un mystère pour lui, comme un grand nombre de choses dans l'obscure ville souterraine.

Forgerons et architectes hors pair, les Kreels semblaient également exceller dans la pratique de la poterie, de la sculpture et de la peinture. Le Sven avait pu voir dans certaines pièces des chefs-d'œuvre d'une ahurissante perfection ; jamais il n'avait rien contemplé de comparable, même lors du pillage de luxueux palais regorgeant d'ouvrages splendides nés des mains des maîtres kalindos, tindaris et fabériens. Devant la beauté de l'art kreel, Stanley avait ressenti la même impression que lorsqu'il avait entendu pour la première fois les voix chantantes des hommes noirs : une douce brise tiède soufflant sur son âme froide et déserte. Mais là encore, l'épouvantable indifférence du mercenaire avait très vite repris possession de son esprit tout entier.

Cependant, l'étrange architecture de Faya Nubangui, l'esthétique dépouillée et fascinante de ce monde de basalte sombre lustré par les siècles n'étaient pas ce qui avait le plus étonné le Sven. Dans la ville souterraine, il n'avait jamais vu ni femmes, ni enfants ; il n'y vivait que des hommes et des adolescents, dont les plus jeunes semblaient avoir une douzaine d'années. Dans l'esprit de Stanley, une certitude, peu à peu, s'était faite jour : cette obscure termitière creusée dans le roc, froide et belle comme la nuit, n'était pas réellement une cité mais plutôt un monastère, où les Kreels de sexe mâle s'initiaient à des rites mystérieux dont il n'avait découvert que les plus élémentaires...

Le Sven aurait peut-être pu en apprendre davantage en posant des questions, mais il se refusait à parler aux habitants de Faya Nubangui ; il les ignorait. La seule personne avec laquelle il avait des contacts permanents était Mani Okondo. Le colosse lui avait enseigné presque tout ce qu'il avait appris des techniques de combat ou avait supervisé les leçons. Pourtant, jamais il ne parlait d'autre chose que d'art martial ou d'entraînement. Il avait fait affronter à Stanley de nombreux adversaires ; au début, il s'agissait d'adolescents, comme celui qui l'avait vaincu lors du premier combat livré à Faya Nubangui. Rapidement, le mercenaire était devenu très supérieur à de tels partenaires. On lui en avait alors opposé deux, puis trois à la fois ; peu à peu, il avait acquis la rapidité et la maîtrise nécessaires pour triompher malgré le nombre. Ensuite, il s'était battu à mains nues contre de jeunes Kreels armés de bâtons d'entraînement ; il se jouait désormais de trois, pouvait en vaincre cinq, et même sept ne venaient pas à bout de lui. Enfin, il avait affronté des adultes portant trois cercles d'argent sur leur vêtement. Aucun n'avait réussi à lui résister plus de trente secondes.

Alors Mani Okondo l'avait défié…

Le géant entra dans le dojonko et vint s'accroupir en face de Stanley. Il enleva lui aussi sa veste de kimono, et se servit de sa ceinture de tissu comme d'un bandeau pour retenir ses épaisses nattes noires. Le Sven observa les muscles formidables de son adversaire, qui roulaient sous sa peau noire tandis qu'il attachait le morceau d'étoffe autour de son crâne. Le Kreel avait un cou épais, des bras énormes, un poitrail vaste et profond aux pectoraux gonflés et durs ; Stanley estima la différence de poids entre Mani Okondo et lui à près de quarante kilos. Les deux hommes se redressèrent et la lutte commença.

Le colosse était beaucoup plus puissant, meilleur techniquement, et possédait une allonge bien supérieure ; mais Stanley était plus rapide, plus vif, plus souple. Chaque attaque du Kreel visait à détruire, à briser. Le mercenaire savait que s'il était touché, il serait mis hors de combat immédiatement. Ses esquives étaient parfaites, ses ripostes foudroyantes, et à plusieurs reprises, le géant fut atteint par ses coups. Mais Mani Okondo encaissait de façon incroyable, comme s'il ne ressentait pas la douleur. Stanley devait gagner ; son opposant, aveuglé par la rage et la haine, manquait de lucidité. Mais l'endurance exceptionnelle du grand Kreel lui permettait de continuer le combat.

Le Sven remarqua soudain une modification dans l'attitude du Kreel : il devenait de plus en plus concentré, attentif. Et tout bascula...

Mani Okondo semblait prévoir toutes les attaques, comprendre toutes les feintes, comme s'il était pourvu de sens supplémentaires ; il acheva la lutte en assommant son adversaire d'un coup de coude à la tempe.

Mais lorsqu'il reprit conscience, Stanley n'avait pas le sentiment d'avoir réellement été dominé. Il avait compris que le Noir devait sa victoire à une force mystérieuse justifiant la présence de cinq cercles d'argent sur sa tunique. Et il savait qu'un jour viendrait où il serait initié à ces pouvoirs qui rendaient les Kreels invincibles.

Pourtant, il ignorait alors que cinq vieillards qui présidaient au destin de leur peuple, cinq hommes qu'il n'avait jamais vus mais qui connaissaient le moindre de ses actes, venaient de charger un des leurs, Fari Kombo, maître de Faya Nubangui, de lui révéler le secret des neuf cercles.

CHAPITRE V

Au tout début, l'esprit jeune et malléable rencontre un idéal ; celui-ci lui apparaît comme un joli petit animal, séduisant, doux et enjôleur. Alors l'esprit l'adopte et en fait sa vérité. Et le petit être fragile commence à se nourrir des pensées de son hôte et croît, grossit, s'enfle inexorablement. Il prend une place de plus en plus grande, dévorant les idées qui lui conviennent, écrasant sous son poids celles qui lui sont désagréables.

Un jour arrive où l'idéal est devenu une bête monstrueuse, tentaculaire, qui ronge goulûment l'âme de celui qui l'a adopté. Dès lors, il n'y a plus de pensée, mais seulement une croyance ; il n'y a plus d'actes, mais seulement des rites ; il n'y a plus d'homme, mais seulement un fanatique.

Si par miracle il reste suffisamment de lucidité à celui qui est possédé par cet absolu avide pour en apercevoir juste un instant le reflet hideux, il n'aura plus qu'un seul désir, une seule issue : tuer cette bête qui est en lui.

Mais pour que la bête meure, l'homme devra mourir lui aussi.

Le chemin de la paix, Bandigo Ikoda

Janlö Wenka venait de pénétrer dans le sanctuaire blindé de « l'aquarium ». En quelques mois, tout l'univers qu'il avait bâti au cours de sa vie s'était effondré. Malgré les premiers échecs du programme HAGC, le Kendar avait conservé l'espoir d'arriver un jour au bout de son rêve ; il avait trouvé l'erreur qui avait conduit à l'abomination du numéro un, et s'était senti prêt à tout recommencer de zéro. Puis il y avait eu cette écœurante rencontre avec Daraugas III, et Wenka avait commencé à entrevoir un futur d'une inconcevable horreur pour le projet HAGC. Et lorsqu'il avait cherché à se raccrocher à quelque certitude solide au milieu de son monde en train de s'écrouler, essayant de trouver chez ses collaborateurs des conseils, du réconfort ainsi que le courage nécessaire pour agir et mettre fin au cauchemar, il avait découvert qu'il était désormais seul sur un radeau au milieu d'un océan de peur et de corruption. Ce dernier coup avait achevé de détruire les ultimes vestiges de son univers, construit autour du grand et unique projet de son existence, mais en même temps avait hâté sa prise de conscience et l'avait amené à une décision qu'il pensait ferme et irrévocable ; pourtant, maintenant qu'il se retrouvait seul entre les écrans fluorescents, tout près de la grosse cuve bleuâtre, il avait le sentiment que de l'œil artificiel qui pivotait au plafond de la pièce émanait le regard d'un être vivant, celui de Karl, sa chose, son enfant. Et il sentait sa volonté faiblir à l'idée de commettre un sacrilège, presque un meurtre.

Wenka respira profondément, et sortit de ses poches deux paquets qu'il déposa sur le sol. Ce qu'ils contenaient représentait beaucoup d'argent, une grande partie de ce qu'il avait économisé depuis qu'il gagnait sa vie.

– Karl, interdiction formelle de laisser entrer qui que ce soit...

Le savant eut un vague sourire en songeant à l'ironie de la situation. Janlö Wenka et son équipe avaient conçu l'ordinateur de telle façon qu'il fût capable de se protéger contre n'importe quelle menace. Mais il y avait une chose qu'ils n'avaient pas envisagée : que l'un d'entre eux constituât un danger pour Karl. Le Kendar déchira l'enveloppe du plus gros paquet pour en extraire une boîte métallique plate et rectangulaire, un peu plus grande qu'une main.

« Il doit savoir ce que c'est... Il absorbe quotidiennement les connaissances de centaines d'ordinateurs, et ses capteurs ont déjà dû analyser ce foutu machin... Mais contre moi, il ne peut même pas réagir. Je me demande ce qu'il ressent en ce moment... »

Wenka secoua nerveusement la tête et se mit à penser à haute voix, criant presque :

— Allons, Janlö ! C'est une machine... Un gros tas de métal !

Il s'affala dans un des fauteuils flottants de la pièce et entreprit d'ouvrir le second paquet, en songeant aux mois qui venaient de s'écouler, et qui avaient modifié son existence de façon radicale...

A son retour de Rangos, Wenka avait parlé immédiatement de son entrevue avec l'empereur à Moënlig, son plus proche collaborateur, son bras droit, un Kendar comme lui. Et la réponse de son ami, qui depuis vingt-huit ans travaillait à ses côtés, avait sidéré le vieux savant ; Moënlig lui avait conseillé d'être prudent, d'obéir à Daraugas, d'orienter le programme HAGC dans la direction que souhaiterait le souverain... Wenka avait alors été persuadé d'avoir découvert le mouchard qui avait si bien renseigné le despote sur la nature des résultats de HAGC. Cette révélation avait été douloureuse ; les deux Kendars s'étaient connus à l'université de Yankin trente-cinq ans auparavant, alors qu'ils étaient étudiants en génétique. Ils étaient l'un et l'autre brillants et passionnés ; Wenka se souvenait encore très bien des longues discussions qu'ils avaient sur la constitution du génome humain et qui duraient parfois toute une nuit. Et il se rappelait avec nostalgie les filles qu'ils s'étaient partagées et tous ces plaisirs interdits auxquels ils avaient ensemble brûlé leur ardeur et leur jeunesse. Mais lorsqu'il avait vu en Moënlig l'espion de Daraugas, tout sentiment d'amitié avait disparu.

Il avait alors confié ses problèmes à un autre de ses assistants, moins proche de lui mais qu'il jugeait parfaitement lucide, équilibré et très intelligent. Il avait reçu de sa part la même réponse que celle de Moënlig.

Le vieux savant avait commencé à se sentir très mal à l'aise ; et avec chacun de ses collaborateurs, tour à tour, il avait évoqué les projets de Daraugas, l'ambition maladive de l'empereur, les dangers que couraient le projet HAGC et l'espèce humaine. Il avait entendu toutes sortes de répliques, depuis d'évasifs conseils de prudence jusqu'à des propos presque menaçants. Alors Wenka avait compris... Il avait longtemps cherché un traître parmi ses disciples. Mais il n'y avait pas un traître, il y en avait douze, douze moutons du monarque, qui le tenaient au courant, vraisemblablement depuis son accession au trône, de tout ce qui concernait le programme HAGC.

« Comment en sont-ils arrivés là ? Le chantage ? L'argent ? Et pourquoi ne m'a-t-il pas contacté, moi, moi qui suis le directeur du projet ? Sans doute a-t-il compris qu'il ne pourrait pas me corrompre… Il a préféré me surveiller, m'espionner. Cet enfoiré a toutes les qualités pour faire un grand, un très grand empereur ! Un grand empereur, un ignoble tyran, un épouvantable salaud camé par le pouvoir, méprisant tous les autres, irrespectueux de la vie humaine, sans considération pour l'individu… Oui, il a vraiment toutes les qualités pour être le plus grand despote depuis bien longtemps, depuis le premier Daraugas, en fait… »

Voyant son but ultime, son espoir d'humanité parfaite, se muer en une vision odieuse de soldats débiles et sanguinaires asservissant l'univers pour le compte du souverain des Thorgs, constatant la trahison de tous ceux qu'il croyait ses amis, Wenka avait pris la décision d'en finir avec ce rêve de toute une vie qui ressemblait de plus en plus à un cauchemar. En apparence, il avait consacré son énergie à la recherche du numéro un perdu au milieu de la foule d'Orus, et tous ses assistants avaient fini par croire qu'il avait suivi leurs conseils.

Une seule chose avait changé dans son comportement, qu'il ne cherchait pas à cacher : depuis le premier voyage qu'il avait fait à Orus dans le cadre de la recherche du numéro un, il se droguait, de plus en plus souvent ; il était allé dans les marchés souterrains de Morg-Tarok pour acheter ce fabuleux poison doré dispensateur de rêves, le Fazireh prisé des Kalindos, ce venin d'insecte capable d'entraîner l'esprit vers des niveaux de conscience qui dépassaient en merveilleux les délires les plus fous de l'imagination humaine. Lorsqu'il était étudiant, il avait quelquefois goûté l'amère saveur du Thyriül, mais il avait toujours craint les autres drogues, notamment le Fazireh, qui menait son utilisateur sur une voie traversant des mondes à l'extraordinaire beauté, une voie sans retour possible ; personne ne pouvait échapper à l'emprise du liquide doré après se l'être injecté dans les veines.

Mais désormais, Wenka n'avait cure de la sereine béatitude procurée par le Thyriül. Il avait le sentiment d'avoir gâché sa vie en s'enfermant dans un univers étroit aux horizons bouchés ; et maintenant, cet univers était englouti dans le néant. Le vieux Kendar était à présent engagé dans une espèce de course. Il voulait rattraper les années perdues, découvrir dans le peu de temps qui lui restait à vivre tout ce que son existence vouée à la poursuite d'un absolu lui avait refusé ; pour cela, il avait besoin de la puissance créatrice de rêves du Fazireh. Il avait vendu tout ce qu'il possédait, rassemblé tout l'argent dont il disposait, pour acheter un stock du venin doré kalindos. Et régulièrement, il partait pour des voyages fiévreux et extraordinaires au-delà de la matière, de l'espace et du temps ; une aiguille froide perçant la peau, un peu de liquide gonflant une veine, la chaleur qui envahit tout le corps, et puis le rêve…

Pourtant, tous ces paradis psychédéliques ne parvenaient pas à combler le vide qu'avait laissé dans son âme l'échec de la mission qu'il s'était fixée trente ans auparavant. Ses collaborateurs croyaient qu'il se droguait parce qu'il n'arrivait pas à assumer l'avalanche de problèmes et de désillusions qui s'abattait sur lui ; Daraugas, rapidement mis au courant, pensait qu'il cherchait à échapper à la peur du châtiment impérial ; seul Wenka savait que le Fazireh n'était qu'une tentative désespérée pour tenter d'éclairer un peu son existence, qu'il venait de découvrir noire, froide et dépourvue de sens. Mais au retour de chacun de ses voyages vers l'ailleurs, il se sentait plus vide, plus désespéré. Pourtant, il avait conservé suffisamment d'énergie et de volonté pour mener à bien la tâche destinée à réparer toutes ses erreurs passées...

Daraugas lui avait envoyé plusieurs de ses conseillers personnels, afin de l'aider dans ses recherches, selon les propres mots de l'empereur. C'étaient des hommes terriblement efficaces ; d'une froide intelligence, au regard fouineur et cruel. Wenka avait eu beaucoup de mal à leur cacher ses véritables intentions. Mais il avait bien joué son rôle de pauvre vieux savant, effaré, débordé par les événements, fuyant la réalité et cherchant l'oubli et le réconfort dans la drogue. Les hommes de confiance de l'empereur avaient fini par le cataloguer comme un minable inoffensif, sans force de caractère, et ils n'avaient plus guère prêté attention à lui. Ils avaient pris en main toutes les recherches, mis sur pied de nombreuses équipes dont certaines, plusieurs fois, avaient retrouvé la trace du produit unique de HAGC. Mais personne n'avait pu ramener le numéro un.

« Qu'a-t-il bien pu devenir dans cette ville de

rats ? Comment cette pauvre chose a-t-elle pu survivre ? »

Wenka s'était peu à peu rendu compte qu'il éprouvait une sorte d'affection pour cet être dément et pitoyable, cette parodie d'humain qu'il avait créée. Il avait souhaité ardemment l'échec des recherches : le numéro un devait rester introuvable jusqu'à ce que lui-même parvînt à son but.

Désormais, tout était joué ; il s'était montré rusé, patient, astucieux, profitant du mépris qu'avaient pour lui les envoyés de Daraugas et du peu d'attention qu'ils lui accordaient ; quant à ses propres collaborateurs, jamais ils n'auraient pu imaginer les intentions de Wenka. La fin arrivait, et les pensées du Kendar allaient au numéro un perdu dans la jungle urbaine d'Orus :

« Maintenant, ce qui doit advenir de lui n'a plus d'importance. Mais qu'il s'en tire ! Oh oui, qu'il s'en tire ! »

La situation de Wenka avait bien facilité sa décision. Ses parents étaient morts depuis longtemps, dans leur maison-bulle, sur Kendar. Sa femme l'avait quitté quinze ans auparavant en lui reprochant de ne pas comprendre qu'autre chose que le projet HAGC pouvait avoir de l'importance. Il n'avait pas d'enfant ; il n'avait plus de maîtresse. Quelque temps après son retour de Rangos, alors que tous ses assistants lui avaient tenu le même genre de propos, Moënlig s'était trouvé un moment seul avec lui dans « l'aquarium » ; il lui avait posé une main sur l'épaule et lui avait dit d'une voix éteinte, honteuse :

« Il faut nous comprendre, Janlö... Nous avons tous une famille. Il n'y a que toi qui aies fait passer le projet avant tout le reste... »

Wenka avait d'abord eu envie de lui cracher au visage et de lui faire un sermon sur l'amitié, l'éthique du scientifique, la trahison... Mais il s'était souvenu du camp de Rangos, de l'empereur et de ses menaces, et il avait compris que Moënlig n'avait sûrement pas eu le choix. Peut-être que d'autres de ses collaborateurs avaient joué les mouchards pour de l'argent ; pas son vieux compagnon... Wenka lui avait souri, avait hoché la tête ; tout était pardonné. A cet instant, le directeur du projet HAGC avait vraiment réalisé que toute sa vie d'homme n'avait eu qu'un sens : le programme.

Et maintenant, il allait renier la signification de son existence entière, ou peut-être au contraire lui donner une véritable signification...

Wenka contempla le petit étui noir qu'il

avait extrait du second paquet ; puis il l'ouvrit : une seringue, un garrot, et une ampoule remplie de liquide doré. Il avait apporté tout le Fazireh qui lui restait de son achat à Morg-Tarok, une dose dix fois supérieure à celle qu'il s'injectait d'habitude. Il y avait suffisamment de drogue pour un long voyage, un voyage sans retour... Le Kendar referma l'étui, le glissa dans une de ses poches, se leva et se dirigea vers la boîte métallique qu'il avait laissée sur le sol.

« Quatre heures... Il y en a à peu près pour quatre heures ; bien plus que tout ce que j'ai connu jusqu'à présent... A condition que mon cœur tienne le coup... Avec une telle quantité, ça m'étonnerait. Sois optimiste, Janlö ! Tu tiendras deux heures ! Deux heures à découvrir d'autres mondes, d'autres vies ! Mais ça ne veut rien dire, deux heures, avec du venin doré dans le sang ! Maintenant, je vais effacer toute l'absurdité de mon existence passée ; et mon éternité va commencer... »

Wenka régla la minuterie sur deux heures et revint s'asseoir dans son fauteuil. Il n'y avait plus de retour en arrière possible. Même si les sbires de Daraugas avaient des soupçons sur ce qu'il était en train de faire, il leur serait impossible de pénétrer dans « l'aquarium » ; Moënlig et ses autres assistants ne le pourraient pas non plus. Lorsque l'ordinateur avait été construit, Wenka avait imaginé une série de fonctions spéciales insérées dans la mémoire morte de la machine. L'accès à la chambre blindée de « l'aquarium » était réservé aux treize responsables du projet HAGC, mais il existait certains ordres que seul lui pouvait donner ; le blocage des portes lorsqu'il se trouvait à l'intérieur du sanctuaire était un de ceux-là. Karl l'exécuterait scrupuleusement. Karl était fidèle, obéissant ; d'une obéissance aveugle...

A présent que le Kendar avait réussi à se retrouver seul au cœur du système avec son précieux chargement, tout était joué. Il avait berné Daraugas en collaborant ouvertement à la recherche du numéro un ; il avait feint d'être poussé par la crainte du châtiment que lui avait promis l'empereur en cas d'échec. Mais en réalité, il avait poursuivi un autre but, répondu à d'autres motivations. Quant à la peur de mourir...

Wenka sortit la seringue de son étui, et la remplit avec le contenu de l'ampoule, Fazireh, le poison des mille délices, le venin d'or des faiseurs de songes kalindos. Il dénuda son bras gauche et l'enserra avec le garrot élastique. Puis, dans sa veine bleue et gonflée, il enfonça le dard de métal. La quantité de drogue était largement suffisante pour parvenir au rêve absolu, le plus prisé, celui dont souvent l'esprit ne revenait pas car il s'achevait en général dans la mort. Mais le Kendar n'avait pas l'intention de revenir. Il n'avait pas tenté jusqu'alors ce voyage-là : il lui fallait vivre encore un peu pour mener à bien son dernier travail, celui qui effacerait totalement le résultat de tous ses efforts passés.

Wenka voulait maintenant quitter à jamais son existence absurde consacrée tout entière à un but unique, absolu, le contrôle du génome humain. Daraugas lui avait involontairement révélé la monstruosité de ce qu'il avait créé. Le savant avait espéré aboutir à un être parfait ; il avait seulement été sur le point de fournir à un empereur mégalomane un moyen de plus d'étancher sa soif de puissance. Wenka retira le garrot, s'injecta toute la dose de Fazireh et s'enfonça dans son fauteuil. La drogue n'avait pas encore fait effet, et pourtant il se sentait infiniment soulagé, comme si son esprit venait d'être libéré d'une masse énorme sous laquelle il se trouvait écrasé depuis une éternité. Il était enfin délivré du démon qui lui avait volé son âme.

« Je suis prêt, maintenant. Je suis libre. Je

peux vraiment accueillir en moi d'autres rêves ; plus jamais je ne retomberai à mon retour au cœur de ce cauchemar que j'ai construit toute ma vie durant... Plus jamais... Le cauchemar a pris fin... »

La conscience de Wenka commençait à bouillonner sous l'effet du Fazireh, entraînant la distorsion de son univers vers d'autres réalités. Il parla une dernière fois à voix haute, s'accrochant encore un peu au songe qui l'avait hanté si longtemps :

— Pardon, Karl...

Près de la grande cuve remplie de reflets bleuâtres, la boîte métallique semblait polariser étrangement l'attention de l'œil énorme et globuleux de l'ordinateur, comme si ce dernier avait en quelque sorte compris qu'elle contenait une bombe thermonucléaire miniaturisée qui exploserait bientôt, pulvérisant tous ses circuits, effaçant ses mémoires, le ramenant au néant en même temps que son créateur.

Mais pour Wenka, cette réalité-là n'avait plus d'existence. Les murs fluorescents de la chambre blindée avaient fondu, coulant comme une molle pâte verte. Il flottait dans un gaz épais, rouge et parfumé. De grands papillons aux ailes de métal luisantes de reflets bleus et noirs, au corps de jaspe et d'onyx, aux yeux de diamant étincelants, volaient tout autour de lui, puis s'éloignaient et disparaissaient dans une gerbe de lumière orangée.

Il était ailleurs. Son esprit évoluait sur un autre niveau de conscience, loin du rêve qui l'avait habité depuis toujours, ce rêve unique, monstrueux, qui l'avait privé si longtemps des mondes infinis qui peuvent surgir de la pensée humaine.

CHAPITRE VI

Tuer, c'est assouvir une pulsion animale agressive.

Mais une telle idée vous déplaît. Vous préférez répandre la mort au nom d'un but suprême qui permet tout à votre conscience ; vous préférez justifier, justifier les cadavres, les tortures, les génocides... Et c'est tellement facile ! Il existe toujours une religion véritable, une loi fondamentale ou une morale immuable dont vos victimes étaient les ennemis menaçants : leur souffrance était un mal relatif indispensable au bien absolu.

Gavez-vous donc de meurtre, car même les enfants que vous brûlez sont dangereux s'ils sont issus d'un peuple mécréant, corrompu et avide. Ecrasez toute vie, puisque chaque homme porte en lui des germes néfastes, hostiles à la parfaite et lumineuse société que vous prônez. N'ayez crainte, la justification viendra toujours...

Et même si au bout du compte, l'horreur devient telle qu'elle engloutit tout autre sentiment, si même les vérités les plus pures finissent par être trop souillées de sang, si vos âmes et les âmes de vos adversaires n'arrivent plus à puiser dans la foi pour le but ultime et sacré la force de continuer le massacre, il restera encore la justification suprême de toute guerre, la seule qui ne se lasse jamais des corps mutilés, de la chair brûlée et des entrailles répandues, mais au contraire s'en nourrit jusqu'à devenir monstrueuse et indestructible ; il restera la vengeance.

Un germe de folie, Ozan Rimith

— Qui es-tu ?

Pour la centième fois peut-être, Lyrnio posait cette même question au vieil homme qui l'avait sauvé des « Uktiboetens »

— Je m'appelle Issirion Malik. Je te l'ai déjà dit.

— Issirion Malik... C'est du tindari ; ça signifie « fleuve tranquille », n'est-ce pas ? Fleuve tranquille... Ça ne veut rien dire !

— C'est mon nom.

Il y avait quelque chose de surnaturel chez le vieillard, Lyrnio en était convaincu. Lorsque, six mois auparavant, il était venu le chercher au milieu d'une foule déchaînée contre les Kaffjers, tout s'était passé de façon tellement bizarre... Quels pouvoirs possédait l'ermite pour avoir réussi à l'arracher à toutes ces brutes ? Comment avait-il pu amputer Lyrnio de sa jambe brisée et gangrenée sans que le jeune Mingol eût ressenti la moindre douleur ? Quel était cet étrange collier qu'il gardait constamment sur lui et qui semblait cerner son cou d'un faisceau de lumière quasi irréel ? Pourquoi ses grands yeux noirs donnaient-ils par moments l'impression de briller d'une lueur rouge, comme des brandons incandescents ? Toutes ces questions hantaient l'esprit de Lyrnio ; il n'avait jamais osé les poser au Tindari, mais il s'était produit pendant la nuit un événement si effrayant et fascinant à la fois que le jeune homme ne put s'empêcher d'en parler à Issirion Malik :

— Je crois... Pendant que tu dormais, je crois que tu as fait un cauchemar...

— Un cauchemar... Comment cela ?

— Tu paraissais délirer dans ton sommeil. Mais ce n'était pas vraiment ta voix...

Le vieillard sursauta et regarda fixement Lyrnio.

— Alors quelle voix était-ce ?

— C'était très étrange ; j'ai eu peur. J'ai d'abord cru qu'il y avait plusieurs personnes dans la grotte, qui discutaient... Mais nous étions seuls, et toutes ces voix sortaient de ta bouche. Elles s'exprimaient dans plusieurs langues, et je n'ai pas pu tout comprendre... Et puis il y avait ces bruits...

— Quels bruits ?

— Ces espèces de grincements métalliques... On aurait dit une poulie rouillée... Mais en écoutant assez longtemps, j'ai compris que c'étaient des phrases, également ; et c'était toi qui les prononçais.

Le vieux Tindari semblait abattu ; il se cacha le visage entre ses grandes mains aux doigts maigres et resta ainsi prostré un long moment. Puis il se redressa et demanda nerveusement au jeune homme :

— Qu'as-tu réussi à comprendre ? Qu'ai-je dit pendant ce cauchemar ?

— Tout était si confus... Je n'ai pu saisir que quelques bribes en orusien, en tindari et en mingol...

— De quoi ai-je parlé ? Allons ! Souviens-toi !

— Il était question... Il me semble que tu répétais constamment quelque chose à propos des sept lumières... Oui, c'est bien ça ! Les sept lumières.

Lyrnio eut l'impression que son compagnon faisait des efforts considérables pour fouiller sa mémoire ; il paraissait avoir vieilli de plusieurs années en quelques instants. Il questionna le jeune Mingol d'une voix faible :

— Et qu'ai-je dit sur les sept lumières ?

— Je ne sais pas très bien... Tu as parlé du vent aussi, un vent qui s'accroît et qui devient ouragan. Et puis il y avait ce mot aussi, qui revenait tout le temps...

— Quel mot ? *Quel mot* ?

— Dans une langue qui m'est inconnue...

Tu le répétais inlassablement... Charki ou Chaki, je ne sais plus...

– Charaki! Oniga Charaki!

– Oui, peut-être... Qu'est-ce que cela signifie?

Le vieillard se leva et fit quelques pas. Son regard se perdait dans le lointain.

– Ça signifie que le jour approche où il viendra... Et nous serons enfin délivrés... Enfin!

Lyrnio, à son tour, se mit à questionner son interlocuteur sur un ton impatient:

– Qui doit venir? Et qui sera délivré?

Issirion Malik se rassit. Il semblait très fatigué.

– Tout cela est si loin... Si ancien... Mes souvenirs sont aussi confus que les quelques paroles de mon délire que tu as pu comprendre. Comment pourrais-tu réaliser ça? Te rappelles-tu les mots que te disait ta mère lorsque tu avais un an? C'est impossible, n'est-ce pas? Et pourtant, cela ne date même pas de vingt ans! Vingt ridicules petites années! Des souvenirs innombrables se bousculent dans ma mémoire, des vies multiples se disputent mon esprit! Et les plus primitives viennent de se réveiller pour crier un message, un message annonciateur, un signe, un nom:

Oniga Charaki! J'ignore le sens exact des paroles que j'ai prononcées cette nuit... Je reconnais simplement le message, le signe et le nom... Et je reconnais la voix qui les crie en grinçant comme du métal... Le temps est venu où les temps finissent... La prophétie va s'accomplir.

Lyrnio était inquiet. Tandis que le vieillard lui répondait, ses yeux s'étaient mis à luire de cet étrange éclat rougeâtre qui intriguait et effrayait tant le jeune homme. Le Mingol inspira profondément, et posa à nouveau à l'ermite la même question, espérant cette fois-ci une réponse plus intéressante :

— Qui es-tu, Issirion Malik ? Qui es-tu vraiment ?

— Je suis un fleuve tranquille dont la source jaillit au commencement des âges. Je suis un fleuve tranquille qui va bientôt se diluer dans l'océan infini, ne plus exister mais ne pas disparaître ; car mon eau ne sera pas perdue, mais aucune berge ne la limitera plus. Je suis un fleuve tranquille obscurci par les troubles limons du temps, qui charrie de vieux mystères dissimulés aux regards par l'opacité de mon cours ; parfois, ils remontent à la surface, l'espace d'un instant, et tu les as surpris flottant, comme du bois mort ; mais ils replongent si vite au plus profond des boues épaisses que moi-même j'ignore la vraie nature de ces choses qui se cachent en mon sein. Cependant, le moment viendra où les eaux qui roulent entre mes rives seront limpides comme du cristal. Tout sera clair alors, et je pourrai, pur et libre, rejoindre la mer sans limites...

Lyrnio comprit que le vieillard n'en dirait pas plus. A travers les propos sibyllins qu'il venait d'entendre, le jeune homme avait perçu d'effarantes réalités, auxquelles il n'osait vraiment croire. En voyant l'air déçu et désemparé de son compagnon, Issirion Malik sourit et demanda avec une voix douce :

— Que vas-tu faire maintenant, Lyrnio ?

Le Mingol se leva rapidement, malgré sa jambe gauche réduite à un moignon ; s'appuyant sur sa béquille, il s'approcha de l'ermite pour se camper juste devant lui. Il avait beaucoup changé depuis qu'il vivait dans les forêts de Karanosh en compagnie du vieil homme : moins d'un an auparavant, c'était un adolescent beau et insouciant, habité par une seule passion, l'amour ; il était devenu un être à la face déformée de cicatrices, ayant perdu une jambe, sa virilité et sa candeur. Et il était brûlant de haine.

— Maintenant, je vais les retrouver... Tous !

J'avais du sang plein les yeux, mon esprit était voilé par la douleur et la honte, mais leurs visages sont gravés à jamais dans ma mémoire. Et je connais deux noms, deux noms que je répète inlassablement chaque jour: Jarko et Yorg... Je les retrouverai...

— Je sais tout cela, Lyrnio. Tu m'en as déjà parlé. Tu es en train de mourir, mon jeune ami... Où sont tes sentiments, où sont tes rêves? Tu n'es pas un homme, tu es une vengeance qui marche sur une patte...

— J'ai cessé d'être un homme le jour où ils ont tué Assima, le jour où ils ont fait de moi un eunuque, un monstre infirme!

— Tu es un monstre infirme, Lyrnio, mais pas de la façon dont tu te l'imagines. Tu te mutiles toi-même d'une manière bien plus horrible qu'ils ne l'ont fait. On peut te greffer une jambe de néotissu synthétique, refaire ton visage... Mais ton esprit que tu détruis à petit feu, personne ne pourra jamais te le rendre...

— Et ma virilité, qui me la rendra? Pourrai-je un jour connaître à nouveau le plaisir de faire l'amour? Pourrai-je voir grandir des enfants de ma chair et de mon sang? Tu sais bien que non! D'ailleurs, quelle importance? Assima est morte, et avec elle tous mes désirs et tous mes espoirs... Tu parles d'opération, mais avec quel argent la paierais-je? Ils ont pendu mon père, et toute ma famille est morte dans l'incendie de notre maison. Il ne me reste plus rien, ni personne... Mais les tuer de mes mains ne me coûtera rien!

— Cela te coûtera tout, au contraire. Peu à peu, tu te laisses envahir par la haine. Tu ne vis que pour cette vengeance, par cette vengeance. Le jour où tu l'auras assouvie, il ne restera plus rien de toi qu'une enveloppe de chair, vide...

— Qui es-tu pour me parler ainsi? Tu vis seul à l'écart du monde, tu n'es attaché à rien! Que sais-tu de la souffrance de perdre tout ce qu'on aime?

A ces mots, le vieillard parut se métamorphoser, comme si une entité monstrueuse sommeillant en lui venait de se réveiller. Dans ses yeux s'alluma à nouveau l'effrayante lueur rouge, envoûtante, maléfique; les sons qui sortaient de sa bouche devinrent plus forts, vibrants, stridents et métalliques. Lyrnio reconnut avec épouvante la voix grinçante qui avait dominé le délire nocturne du Tïndari; mais cette fois-ci, il pouvait comprendre chaque mot qu'elle prononçait.

— Il y a moins de vingt années que tu es venu au monde; pour la première fois, tu as assisté à l'horreur qui peut émaner de la volonté humaine ; pour la première fois ! Et tu crois avoir tout vu ! Tu penses tout savoir ! Tu es persuadé d'avoir tout subi ! Et tu veux me donner des leçons ! Des milliers de fois j'ai vécu des monstruosités que ton pauvre esprit torturé est incapable d'imaginer ; des milliers de fois j'ai enduré de la part des hommes des souffrances que tu n'oserais pas infliger même en rêve à ceux dont tu veux te venger. J'ai vu agir de vrais génies du massacre et de la torture... pas de pitoyables ivrognes en quête d'émotions fortes comme ceux dont tu as été victime... Crois-tu que ces fantoches ridicules soient les réels responsables de tes mutilations et de la mort de ceux que tu aimais ? Si tu veux que ta vengeance frappe les vrais coupables, il te faudra chercher qui est à l'origine du Kaffjers-Tod...

« Les connais-tu, ces loups à l'inextinguible faim de meurtre ? As-tu déjà vu leurs maigres silhouettes de noirs charognards ? Leur seul nom engendre la terreur, et la violence de ceux qui s'intitulent leurs frères ferait éclater de rire le plus doux d'entre eux ! Alors va, et venge toi sur les Uktuhls ! Et si tu veux vraiment te faire justice, détruis l'âme de ce peuple monstrueux, tranche les têtes de ce chien des enfers, tue les quatre grands prêtres de leur culte de fous ! C'est par eux que naît la haine contre ceux qui ne sont pas blancs, ce sont eux qui suscitent la démence meurtrière du Kaffjers-Tod ; ce sont eux, avec leurs sermons fanatiques, qui t'ont mutilé et ont tué Assima. Va et abats-les, ces plus cruels de la plus cruelle des races, ces fauves parmi les fauves ! Tu t'enivres de paroles mauvaises, tu parles de meurtres et de vengeance, mais que peux-tu faire ? Le fiel de ta haine t'aura dévoré le cœur avant que tu aies pu châtier le moindre coupable... Et tu n'as souffert qu'une fois !

« Je n'ai cessé d'assister aux atrocités commises par des démons semblables aux pires de ces vautours uktuhls. Et moi, tous ces bourreaux, j'aurais pu les anéantir ! Tu m'entends ! J'aurais pu faire gicler leur sang entre mes doigts aussi facilement que la pulpe d'un fruit trop mûr qu'on écrase dans sa main ! J'aurais pu démembrer leurs corps et brûler leurs esprits ! Mais jamais je ne l'ai fait... Jamais... Pour sauver mon âme humaine ; pour me sauver... Pour ne pas, comme eux, me transformer en animal dégénéré. Car il est ainsi, celui qui cède à la violence, quel qu'en soit le motif : un animal dégénéré ; l'instinct de mort de la bête déformé par les fantasmes de l'homme. Toute ma vie, j'ai résisté, après avoir été plongé mille fois dans un cauchemar plus atroce que le tien ! Et mille fois j'ai renoncé à la vengeance ! Je suis resté un fleuve tranquille alors que j'aurais pu devenir un torrent furieux écrasant tout devant lui. Et toi, tu n'es qu'une goutte d'eau... »

Lyrnio était terrorisé. Issirion Malik lui apparaissait comme étant autre qu'humain. Le vieillard s'était redressé de toute sa hauteur, et il avait l'air démesuré. Sa robe grise, son visage et ses mains à la peau sombre, tout cela avait disparu dans l'obscurité du crépuscule. De lui, on ne voyait plus que la barbe et les cheveux, immenses, blancs, et ses yeux de loup rouges et brûlants. Puis il se rassit, le feu de son regard s'éteignit aussi soudainement qu'il s'était allumé, et Lyrnio le vit à nouveau comme un vieil homme au corps fatigué. La seule chose qui ne semblait toujours pas vraiment humaine en lui, c'étaient ses yeux, redevenus noirs mais qui reflétaient un âge infini.

Le jeune Mingol comprit alors que ce qu'il avait entrevu, soupçonné de façon de plus en plus précise au fil des mois passés auprès de l'étrange ermite, ce qu'il avait senti transparaître à travers ses mystérieuses réponses, cette intuition aux vertigineuses implications était fondée : la vie d'Issirion Malik était bien plus longue que ne le laissait supposer son dos voûté, sa peau ridée et sa chevelure de neige, bien plus longue qu'une imagination humaine ne pouvait le rêver. Lyrnio essaya de chasser cette idée de son esprit ; y songer l'entraînait dans une sorte de malaise où se mêlaient la fascination et la peur. Ses pensées s'orientèrent alors vers son impuissance à se venger dont le vieil homme lui avait fait prendre conscience, et il se sentit confus.

— Excuse-moi, je ne voulais pas t'offenser… Tu as raison, je ne suis qu'une goutte d'eau, un être faible et ridicule. Jamais je ne pourrai rendre la souffrance pour la souffrance, le sang pour le sang, la mort pour la mort… Mais je n'en aurai aucun mérite : ce sera tout simplement parce que je n'en ai pas les moyens…

Le vieux Tindari se leva, pensif. Il se dirigea vers l'entrée de la caverne où il vivait depuis si longtemps, cet endroit où il avait soigné Lyrnio et où le jeune garçon partageait désormais ses jours. Il alimenta le feu qui menaçait de s'éteindre ; il semblait réfléchir intensément. Puis il se retourna, et parla à nouveau de sa voix habituelle, posée et sereine :

— Je viens de décider d'accomplir une tâche

difficile, très difficile... Tu dois redevenir un être humain ! Si je ne fais rien, tu seras comme ce feu de camp : un brasier qui se consume ; un brasier de haine... Et lorsque tout aura brûlé en toi, il ne restera qu'un peu de cendre froide et morte. Alors, pour que ce soit véritablement ta volonté qui renonce à la loi du talion, pour que tu agisses non pas selon ce que tu peux faire mais selon ce que tu veux faire, je vais te donner les moyens d'assouvir ta vengeance ; de l'assouvir d'une façon totale, effroyable...

Lyrnio eut un ricanement amer.

— Que peut faire un petit castrat unijambiste contre les bandes des Uktiboetens de Karanosh ? Et contre les Uktuhls ? Tu les décris toi-même comme des chiens noirs et efflanqués qui surgissent des enfers en quête de vies à prendre, avides de souffrances et de mort... Je ne suis rien, moi. Je n'ai que ma haine...

— Lyrnio faible et infirme... Les Uktuhls redoutables et féroces... Ce n'est qu'un niveau de conscience, le plus primaire, le plus superficiel ; il est aussi mince et fragile au regard des multitudes de réalités et d'univers contenus dans l'esprit humain que l'écorce de la planète l'est au regard de la masse énorme de matière en fusion qui en constitue le noyau...

— Que veux-tu dire ?

Devant l'air perplexe du jeune Mingol, Issirion Malik sourit ; puis il continua à parler, de cette voix calme et forte qui donnait à chacune de ses paroles la valeur d'une évidence :

— Tu n'as pas connaissance de ce qu'est réellement la pensée ; essaie de te la représenter comme une planète, mais une planète dont le rayon serait infini... En surface, il y a une mince croûte de roche froide : c'est ce qu'on appelle la réalité, le monde matériel... Mais ça n'a rien à voir avec ce que la plupart des gens croient ; ce n'est que la portion d'esprit dont nous sommes conscients, l'esprit manifesté, froid et figé, ridiculement réduit devant l'autre partie de l'âme. Cette autre partie, c'est l'inconscient, le non-manifesté, brûlant et mouvant comme le cœur de roc liquide d'une planète, immense, infini, chargé d'une énergie inextinguible. Les hommes ignorant la géologie imaginent que le monde sur lequel ils vivent est tout entier composé de matière ferme, solide, à l'image du sol que foulent leurs pieds ; ils ne savent pas le formidable bouillonnement de magma qui existe sous la mince écorce refroidie, et qui pourtant constitue une part considérablement plus importante de la planète ; même la lave vomie par les volcans, extériorisation de cette extraordinaire puissance cachée dans les entrailles du monde, même cela ne peut les convaincre de leur erreur.

« Pareillement, ceux qui ne connaissent de l'âme humaine que le manifesté, croient que toute chose est faite à l'image de ce que leur révèle leur conscience : ils ne savent rien du champ infini de ces autres réalités enfouies dans les profondeurs inconscientes du non-manifesté ; et même certaines révélations des colossales potentialités de ces zones dissimulées de l'esprit ne peuvent arracher leurs pensées à cette illusion qu'ils croient être la vérité. Tu fais partie de ces ignorants... Mais tu apprendras. Tu apprendras à accomplir cette difficile descente en toi-même, dans le cœur brûlant de l'âme, parmi les univers cachés. Tu apprendras à te mouvoir dans ces multiples plans de l'esprit, et, tu pourras ainsi sonder les pensées des autres, modifier les pensées des autres ; et enfin tu apprendras le plus terrible des secrets, celui qui te permettrait d'aspirer l'âme de tes ennemis dans la fournaise ardente des zones inconscientes dont tu serais le maître, et de leur faire vivre les cauchemars les plus atroces.. Ils en ressortiraient anéantis. Tu apprendras. Et quand tu auras tout appris, tu oublieras ta vengeance et ta peine... »

Sur le visage de Lyrnio, dans les yeux de Lyrnio, il y avait la marque d'une totale approbation ; mais venant des troubles frontières où l'esprit conscient bascule dans la nuit infinie de l'inconscient, une voix disait :

« Oui, j'apprendrai ; j'apprendrai tout cela. Mais jamais je n'oublierai leurs visages blafards et haineux ; jamais je n'oublierai mon père pendu, ma mère et mes sœurs brûlées vives ; jamais je n'oublierai mon visage ravagé et ma jambe amputée ; jamais je n'oublierai les poignards qui m'ont transformé en castrat ; et jamais je n'oublierai Assima, violée puis le crâne brisé contre une pierre. J'apprendrai. Et quand j'aurai tout appris, je saurais me souvenir… »

CHAPITRE VII

La connaissance de soi est équivalente à la connaissance du tout, car chaque esprit humain est semblable à chaque petit fragment de verre d'un miroir brisé : il reflète la même image que le miroir dans son intégralité.

Pour comprendre, il faut d'abord nous comprendre ; avoir conscience de notre propre conscience.

Au début, nous nous trouvons dans un état aberrant : c'est le corps qui dirige l'esprit. L'esprit doit donc en premier lieu renverser cette situation, apprendre à contrôler le corps, totalement. Ensuite, l'esprit pourra dépasser le stade de la matière, faire abstraction du corps et agir sans ce support familier, en utilisant les champs d'ondes énergétiques qui le relient au tout. Ce processus conduit à la phase ultime, après de longs efforts qui nécessitent une volonté immense.

Tout au bout de la route, l'esprit sait, enfin. Il sait que le corps n'est qu'une illusion, un rêve ; comme tout le reste ; comme l'univers entier...

Mais l'esprit est-il maître de son rêve ?

Le chemin de la paix, Bandigo Ikoda

Fari Kombo regarda Stanley entrer dans la

petite salle obscure où il l'avait fait amener. Le mercenaire s'immobilisa, et le vieillard le détailla longuement. Jamais il n'avait eu un contact si direct, si physique, avec l'étranger. Pendant des mois, il l'avait observé par l'intermédiaire des extensions tentaculaires, omniprésentes, de ses sens et de son esprit. Et toujours, il en avait éprouvé le même malaise. Ni lui, ni aucun des autres Eyo Makanés, les maîtres du huitième cercle, n'en savaient plus long sur l'étranger qu'au jour où il était arrivé à Faya Nubangui. Leurs pensées, puissantes et inquisitrices, s'étaient heurtées à un mur de glace. La seule chose qu'ils avaient pu percevoir, c'était une âme trouble et primitive qui flottait devant cette barrière gelée, une conscience d'animal archaïque, une conscience de requin : survie ; mort et survie ; rien d'autre...

Ils avaient envoyé, dans tout l'univers des hommes et notamment chez les Moog-Saïs, des Savaki Makanés, des détenteurs du septième cercle aux pouvoirs immenses, afin d'apprendre quelque chose sur la vie de Stanley. Mais pour le moment, aucun renseignement n'avait pu être recueilli. Fari Kombo n'avait que très peu d'éléments en sa possession. Il avait devant lui un tueur parfait, qui avait assimilé à une vitesse incroyable tout l'enseignement de base des trois premiers cercles ; un homme au corps de guerrier, maigre et dur, mais portant curieusement très peu de cicatrices. La seule blessure vraiment importante que les Kreels avaient décelée se situait au niveau de son bras gauche : sa main avait été tranchée et remplacée par un néotissu synthétique, des années auparavant.

Fari Kombo continuait à observer silencieusement le Sven. A nouveau, il éprouvait le malaise qu'il avait toujours ressenti à la vue du mercenaire, mais bien plus fortement, comme si la proximité physique l'exposait directement à des vibrations malsaines et angoissantes issues de l'étranger. Le vieillard essaya d'analyser cette répulsion :

« Ce corps ascétique et livide... Ce visage maigre, anguleux... Il est si différent... J'ai appris pourtant à me détacher de tout cela ; moi-même, je suis différent de la plupart des Kreels ; je suis nettement plus petit et bien moins corpulent.. Je devrais être capable de faire abstraction de son aspect. D'ailleurs il est beau, très beau... Mais il y a quelque chose d'effroyable dans cette beauté pâle et silencieuse. Ses yeux ! Ils ressemblent tellement à son âme ; gris comme le ciel froid des soirs d'hiver, bleus comme la mer sous la brume, verts comme l'eau profonde des lacs glacés du Limbu... »

Le mercenaire se tenait toujours immobile, indifférent en apparence. Le vieillard se remémora les circonstances qui avaient décidé de cette rencontre. Peu de temps auparavant, les cinq Eyo Makanés avaient accompli, tous ensemble, le Sayari Oko, la transe télépathique qui réunit les esprits pour une immatérielle et parfaite communication. Les pensées d'Alifu Orombo et d'Akoono Tingo s'étaient alors opposées. Fari Kombo essaya de se rappeler avec exactitude l'affrontement des arguments des deux amis dont les corps étaient séparés par des dizaines de kilomètres, l'un dans la forêt de Fayano Bundadaya, l'autre au milieu des étendues neigeuses de Faya Nimanu ; pour mieux y parvenir, il traduisit par les paroles d'un dialogue les idées du chanteur suprême et celles du maître de la première voie, qu'il avait ressenties alors vibrant dans son esprit :

« — Nous sommes en train de jouer avec le feu. Si vous trouvez une bête fauve, que faites-vous ? Qu'est-il judicieux de faire ? La relâcher dans sa jungle ; l'apprivoiser ; ou la tuer ! Mais songerez-vous un seul instant à la gaver de viande saignante tendue au bout d'une perche

pour qu'elle devienne énorme, dix fois plus puissante et encore plus agressive, enfermée derrière ses barreaux ? Jamais vous n'aurez une idée aussi absurde, n'est-ce pas ? Et pourtant c'est exactement ce que nous faisons avec cet homme ! Il est bien plus redoutable qu'à son arrivée ici. Mais il n'est pas devenu moins inhumain, moins monstrueux ! Il va atteindre un point de non-retour. Il faut lui parler dès maintenant, établir un contact, lui apprendre ou lui réapprendre les relations et les sentiments humains. La première chose à faire, c'est de lui révéler ce que nous attendons de lui au lieu de continuer à le dresser comme un animal ! Si nous nous comportons avec lui comme avec un fauve, il restera un fauve... »
« — Je te trouve timoré et peu clairvoyant, mon ami, mon vieil ami... Allons, Alifu Orombo, ne comprends-tu pas que c'est cet isolement, cette superbe solitude de bête de proie qui lui permet de progresser aussi vite ? En altérant son instinct, en l'embarrassant de tous ces sentiments qui embrument et alourdissent notre esprit, nous risquons de freiner considérablement ses progrès. Laissons-le tel qu'il est ! Ne le gâchons pas ! »

« — Mais il ne pourra jamais parvenir au but ultime s'il demeure tel qu'il est ! Crois-tu qu'une espèce de monstre, un esprit de squale dans un corps humain, puisse franchir l'étape du sixième cercle ? »

L'esprit de Sino Tuzangui avait apaisé les pensées des deux amis et s'était rangé à l'avis d'Alifu Orombo, que partageaient également Fari Kombo et Ayanga Epugu. C'était au maître de la cité de pierre, directement responsable de l'éducation de l'étranger, qu'incombait la mission de lui révéler le destin qui lui était réservé.

Et maintenant, Fari Kombo n'arrivait pas à faire sortir un seul mot de sa bouche. Il trouvait aussi aberrant de parler au Sven que de s'adresser à Oniga Charaki, le grand requin blanc qui remontait parfois des profondeurs de l'océan, et dont certains avaient pu voir la gueule monstrueuse et l'œil froid. Le vieux maître de Faya Nubangui se décida enfin à commencer son discours, en utilisant l'orusien, que comprenait Stanley :

— Je t'ai demandé de venir pour...

— Kreel, kreela sepukidango sepuki — Kreel, parle kreel...

Le vieillard était stupéfait de l'intervention du mercenaire.

« Ainsi, il connaît suffisamment notre langue pour vouloir qu'on lui parle en kreel. Et nous n'avons même pas été capables de nous en rendre compte... Quel genre d'homme est-ce donc ? »

Fari Kombo resta un moment interloqué, puis se remit à parler, en kreel cette fois-ci :

— J'ai été chargé de t'instruire d'un certain nombre de choses. Après t'avoir recueilli, nous avons perçu en toi des potentialités... étranges. C'est pourquoi nous t'avons mis à l'épreuve, comme tu as pu le constater. Et en fin de compte, nous avons décidé de te donner la même éducation qu'à un Kreel ; de t'offrir la possibilité de tenter la conquête des neuf cercles...

Stanley était surpris, mais il ne le montra absolument pas. Il avait d'abord cru que dans cette espèce de hiérarchie que pratiquaient les Kreels, sept cercles constituaient le maximum. Or Fari Kombo portait huit anneaux d'argent brodés sur sa robe ; et maintenant, il lui parlait d'un neuvième cercle...

— Ces cercles symbolisent les étapes de la connaissance de soi et de la maîtrise de son esprit. Je vais t'expliquer...

Le vieil homme fit signe à Stanley de s'approcher et se pencha vers le sol. Il tenait un morceau de craie dans sa main ; il traça sur une dalle deux ronds de même taille, accolés en un point.

— Voici les deux premiers. Ils sont d'égale importance et indissociables l'un de l'autre ; c'est pourquoi ils sont tangents. L'un est Minga, la force des muscles, la force qui peut se voir. L'autre est Fanayimbé, la force cachée, celle qui actionne les muscles ; on pourrait parler d'influx nerveux, mais ce n'est pas exactement la même chose. Fanayimbé est plus que cela... C'est l'énergie vitale qui habite notre corps. Comme tu peux aisément le comprendre, Minga et Fanayimbé ne sont rien l'un sans l'autre. Ce sont des éléments de notre être sur lesquels il est facile d'intervenir ; mais il est beaucoup plus difficile de les contrôler totalement. Pourtant, tu y arrives désormais parfaitement, puisque tu es capable de mettre en application tout ce qu'on t'a appris pendant les quelques mois que tu as passés ici...

Le mercenaire restait toujours parfaitement impassible. Fari Kombo se pencha à nouveau et traça un troisième cercle, centré sur le point de jonction des deux précédents, et plus petit.

— Et voici Akindo. Il est mêlé aux deux autres, étroitement lié à eux. Car sans Minga et Fanayimbé, Akindo n'a pas de raison d'être ; mais sans Akindo, il serait impossible de contrôler les forces de son corps à la perfection. C'est le symbole de la première voie,

Onda Sambuguzu, science de l'harmonie du corps avec le monde. Akindo est à la fois un moyen et un but. Grâce à lui, l'homme peut augmenter sa force et son énergie et devenir maître, totalement, de chaque muscle de son corps. Inversement, pour accéder à Akindo, il faut atteindre en même temps Minga et Fanayimbé. Les trois cercles sont indissociables. On accède aux trois en même temps ; ou on n'y accède pas...

Fari Kombo s'arrêta de parler un moment pour pouvoir observer le Sven à loisir. Ce dernier n'avait pas bougé d'un pouce, et ni son visage hermétique, ni ses yeux froids n'exprimaient un quelconque sentiment. Le vieil Eyo Makané se demanda ce qui pouvait avoir une prise sur l'esprit de cet homme ; si toutefois c'était vraiment un être humain... Il reprit ses explications, en espérant que les révélations qui allaient venir pourraient au moins intriguer le mercenaire.

– Comme tu l'as certainement compris, l'enseignement qui t'a été dispensé ici est celui qui permet d'accéder aux trois premiers cercles. On peut considérer que tu as désormais atteint ce stade. Mais cette première étape est la plus facile de toutes...

Le vieillard s'interrompit à nouveau, guettant vainement une réaction sur le visage de Stanley. Puis il traça un autre cercle sur la dalle de pierre, dont le centre était le même que celui d'Akindo, mais au diamètre plus petit.

— Celui-ci représente Issandu ; il est le retour vers soi-même, c'est pourquoi ses lignes sont si proches du centre. L'accès aux trois premiers cercles est relativement facile, puisqu'il s'agit de maîtriser totalement ce que tout homme maîtrise déjà partiellement. Issandu, lui, est le contrôle absolu sur des éléments que personne ne contrôle. Peux-tu, à ton gré, accélérer ou ralentir les battements de ton cœur, puis l'arrêter? Peux-tu stopper ta respiration si longtemps que tout le monde te croira mort? Peux-tu réchauffer tes membres ou les refroidir, en agissant sur ta circulation sanguine? Peux-tu t'empêcher de souffrir si on te brûle avec un fer rouge?...

« Pourtant, tes organes sont dirigés par des nerfs. Ce sont des nerfs qui transmettent la douleur. Et ces nerfs sont reliés au cerveau, au même titre que ceux qui actionnent tes muscles. L'esprit donne les ordres, le corps obéit: ainsi doit-il en être. Il est aussi ridicule de ne pouvoir empêcher son pouls de s'accélérer que de ne pouvoir empêcher sa main de trembler. Tu es un soldat. Tu as dû apprendre à ne pas avoir peur. Donc tu peux comprendre que l'on parvienne aussi à ne pas avoir froid, à ne pas avoir chaud, à ne pas avoir mal : la peur naît dans l'esprit ; les sensations de froid, de chaleur et de douleur aussi. C'est en nous. Nous devons en être les maîtres !

« Issandu ! En kreel ancien ça signifie revenir vers l'intérieur : l'esprit doit arrêter de vagabonder, de se disperser au loin. D'abord, il faut qu'il revienne vers l'intérieur du corps. Avant d'essayer de soumettre l'univers à sa volonté, l'homme doit être capable de soumettre son propre organisme. Issandu lui permet cela. Issandu implique le contrôle de ses fonctions végétatives : rien de ce qui est en moi ne doit échapper à mon esprit ; c'est la première direction. Et puis il y a la deuxième direction : mon esprit doit décider lui-même de ce qu'il ressent. Si je veux cesser d'entendre, je ne perçois plus de sons. Si je veux cesser de voir, je ne perçois plus de lumière, même les yeux ouverts en plein soleil. Et si je veux cesser d'avoir mal, je ne perçois plus la douleur ; d'avoir froid, je ne perçois plus le froid ; d'avoir chaud, je ne perçois plus la chaleur. L'esprit est devenu maître du corps : il commande et le corps obéit ; et il n'écoute du corps que ce qu'il a décidé d'écouter. Ainsi est Issandu, le quatrième cercle... »

Cette fois-ci, Fari Kombo avait révélé au mercenaire quelque chose de totalement nouveau pour lui, quelque chose qui aurait dû l'abasourdir. Mais Stanley était impassible. Le vieillard, presque agacé, dessina sur la pierre noire un autre cercle, très grand, qui entourait complètement tous les autres.

— Tekeri : ce mot servait autrefois à désigner les crues, les inondations ; lorsque l'eau du fleuve sort de son lit, et submerge tout. Rien ne lui échappe, elle va partout. L'esprit doit être semblable au fleuve. Il suit son cours, et l'eau qu'il charrie n'est chargée que des alluvions drainés par ses affluents. Mais il peut s'enfler et recouvrir toute la vallée. Alors le fleuve est en contact avec tout ce qui l'entoure. Tekeri. L'esprit est pareil. Cinq sens nous fournissent toujours le même type d'informations sur notre milieu, avec leurs limites habituelles : ça, c'est la rivière qui reste sagement entre ses berges. Mais crois-tu que nous soyons limités à notre vue, notre ouïe, notre odorat, notre goût et notre toucher ? L'antilope du désert ne sait-elle pas où trouver l'eau de la source cachée ? L'oiseau ne retrouve-t-il pas le nid où il est né après des milliers de kilomètres de voyage ? Et le requin n'est-il pas attiré par la mort, qui n'a pourtant aucune consistance ?...

Fari Kombo était satisfait. Il avait cru déceler une réaction de l'étranger à sa dernière phrase, quelque chose qui eût été imperceptible pour tout autre qu'un Eyo Makané. Après une courte pause, il continua son explication :

– Serions-nous moins que des animaux? Nous avons oublié tant de choses qui sont en nous... Et même les sens que nous savons posséder, ils sont devenus faibles et peu fiables. Notre ouïe est rudimentaire, notre odorat quasi inexistant, notre toucher grossier... Tekeri ! Il faut d'abord renforcer ces sens-là, comme le fleuve qui s'enfle avant la crue et dont le courant devient plus puissant ; et ensuite redécouvrir toutes les autres perceptions. Alors de l'esprit jaillissent des extensions immatérielles, qui se répandent dans toutes les directions, telle l'eau du fleuve qui déborde ; et elles drainent des informations que tu ne saurais imaginer, qui sont aussi étrangères au commun des hommes que la terre du champ cultivé l'est au fleuve sage et tranquille qui coule à des kilomètres de là. Car ces extensions immatérielles transcendent le niveau de la matière, elles émanent de notre être d'énergie et le mettent en communication avec tout ce qui nous entoure. Les quatre premiers cercles sont en relation avec notre corps, notre existence matérielle ; ils permettent de contrôler totalement le côté purement physique de l'homme. Le cinquième cercle, lui, nous amène à dominer ce flux d'ondes qui est en nous et qui vibre en toute chose. Il met en jeu notre second niveau d'existence. Tekeri... Le plus vaste des cercles, car il symbolise la capacité d'extension de l'esprit par l'intermédiaire de l'être d'énergie...

A nouveau, Fari Kombo scruta le mercenaire. Mais le léger trouble qui était passé un moment dans le regard de Stanley avait disparu, et son visage était redevenu semblable à du marbre blanc. Le vieux Kreel traça un autre cercle, passant par le centre des deux plus petits et dont la ligne allait jouxter celle de Tekeri.

— Oko Yedonka : le lien des âmes. C'est lui qui rattache l'élément au tout ; c'est pourquoi il part du centre et va jusqu'aux vastes limites déterminées par Tekeri. Grâce à lui, les esprits de deux ou plusieurs personnes peuvent se fondre pour n'en former plus qu'un. Leurs pensées deviennent communes, et il ne leur est plus besoin de paroles pour se comprendre. C'est lorsqu'on arrive au sixième cercle que l'on découvre combien le langage humain est limité, et quelles difficultés peuvent avoir les hommes à communiquer sans Oko Yedonka. C'est certainement le cap le plus difficile à franchir, car pour y parvenir, il faut atteindre le troisième niveau d'existence, celui de l'âme ; c'est aussi l'étape la plus enrichissante, celle qui fait faire le plus grand pas vers l'harmonie. Tu ne dois pas t'étonner d'une telle faculté. Deux êtres qui s'aiment peuvent parfois se dire plus de choses au travers d'un seul regard que par un long discours ; c'est le commencement du lien des âmes, Oko Yedonka...

Fari Kombo s'interrompit un instant et fixa l'étranger droit dans les yeux avant de reprendre :

— Mais je doute que tu puisses comprendre ce genre d'arguments. Tu me sembles tout à fait incapable d'éprouver de l'amour pour quelqu'un...

Le Kreel comprit qu'il avait visé juste. Quelque chose était en train de se produire chez Stanley : une crispation des muscles du visage, un début de tremblement des mains difficilement maîtrisé, une lueur qui s'allumait enfin derrière le voile gris et brumeux de son regard. Même s'il n'avait qu'à peine bougé, le mercenaire était en proie à une agitation intérieure intense. D'angoissante, son expression était devenue effrayante, et si le vieil Eyo Makané n'avait pas eu une totale confiance en ses pouvoirs, il eût certainement pu craindre d'être tué par le Sven. Mais le trouble de Stanley ne dura que quelques instants.

Ce sentiment humain qui avait filtré de façon si ténue jusqu'à la surface, colère, haine et douleur mélangées, s'était estompé aussi vite qu'il était apparu ; et l'étranger avait repris son impassibilité de fauve. Néanmoins, Fari Kombo avait appris beaucoup en très peu de temps. Satisfait, il esquissa un nouveau cercle sur la pierre noire, centré sur la jonction du cinquième avec le sixième, débordant par conséquent les limites fixées par Tekeri ; puis il poursuivit son exposé :

– Kotangui, la maîtrise des esprits. Il permet d'aller plus loin que le simple contrôle de soi et que la perception de son milieu ; c'est pour cette raison que son tracé déborde l'aire cernée par le cinquième cercle. Celui qui accède à ce niveau peut soumettre les pensées des autres à sa volonté, façonner leurs rêves, annihiler leurs désirs... Là encore, tu ne dois voir dans cette faculté rien d'absurde ou d'insensé. Il existe bien des individus au pouvoir charismatique très puissant capables d'orienter les actes de tout un peuple. Pourquoi notre volonté ne pourrait-elle pas influencer celle des autres? Kotangui peut paralyser les gestes de l'adversaire, insinuer dans son esprit des sensations diverses comme la douleur, le plaisir ou la terreur... Il peut susciter le rêve, le cauchemar. Lorsqu'on le contrôle pleinement, il permet d'imposer les pensées que l'on veut à tout homme plus faible que soi mentalement, c'est-à-dire inférieur au septième cercle ; ce qui est pratiquement le cas de l'humanité tout entière...

Fari Kombo se courba encore une fois et dessina un autre cercle, plus petit que le précédent, plus éloigné des premiers également, mais qui restait rattaché à Kotangui.

— C'est Ugoro, la fontaine, le jaillissement, la sortie... L'esprit est semblable à une source souterraine ; comme elle est emprisonnée par la terre, il est emprisonné par le corps. Mais il y a Ugoro, la fontaine, et l'eau sort de sa prison. Ensuite, elle retombe sur le sol, ne parvient pas à s'élever comme une brume légère... Mais après Ugoro, l'eau coule à la lumière au lieu d'être enfouie dans les profondeurs obscures. Notre âme est identique à cette eau: le huitième cercle est sa fontaine, sa délivrance; grâce à lui, elle peut sortir du corps par le Kamunga Nagué, la transe sacrée, et flotter librement, absorbant des milliards d'informations, sondant les esprits, captant les pensées. Ugoro est la séparation du troisième niveau d'existence, l'âme, d'avec les deux autres, corps et être d'énergie... Mais tout comme l'eau qui jaillit hors du sol finit par retomber et couler sur le sol, l'esprit ne peut se détacher totalement de la matière : il reste relié à son enveloppe charnelle par Oko Silavaru, le lien d'argent, qui n'arrive pas à se rompre... Et il finit par revenir dans le corps. Nous sommes cinq à être parvenus à Ugoro ; cinq vieillards qui vont bientôt mourir. D'autres nous remplaceront mais il n'y aura jamais eu plus de neuf hommes, dans tout l'univers, détenteurs du huitième cercle. Voilà...

Le vieillard posa son morceau de craie et baissa la tête sur sa poitrine. Au bout d'un long moment, le mercenaire rompit le silence :

— Et le neuvième cercle ?

Fari Kombo avait parlé longtemps, de la voix mélodieuse et chaude que possédaient tous les Kreels, peuplant la petite pièce sombre de sons musicaux. Après cela, la voix de Stanley parut laide et dépourvue de vie.

— Le neuvième cercle ne se représente pas. Il n'a même pas de nom ; il est simplement Ningu Tsonko — le neuvième cercle. Aucun trait ne saurait déterminer ses limites, car il est partout et nulle part. Il est à la fois le point minuscule tout au centre des autres cercles, trop petit pour qu'on puisse le voir, et l'orbe immense au rayon infini, plus vaste que l'univers que nous connaissons, plus vaste encore que celui que nous pouvons concevoir. On l'atteint en brisant Oko Silavaru, afin que l'esprit s'envole libéré de la matière. Je n'en sais pas plus ; nul homme n'en sait plus, car à ce jour, personne n'est jamais parvenu au Ningu Tsonko...

— Vraiment personne ?

— Nos chants rituels, porteurs des anciennes légendes de notre peuple, racontent que les Naa-Gundis, les pèlerins, les fondateurs de notre civilisation, avaient atteint le neuvième cercle. Mais ces chants prétendent aussi qu'ils n'étaient pas vraiment humains... Je ne crois pas à toutes ces vieilles histoires ; les Naa-Gundis étaient des Kreels comme nous, et ils ont dû se heurter à la même barrière.

— Je vais recevoir les trois premiers cercles ?

— Tu en as maintenant la capacité. Mais pour cela, tu devras subir une épreuve. Si tu réussis, tu deviendras un manga — un homme accompli — et sur la robe noire qu'on te remettra seront fixés les anneaux d'argent de Minga, Fanayimbé et Akindo. Si tu échoues...

En fait, dans cette épreuve, il n'y a que deux issues : la réussite ou la mort...

Fari Kombo ne regarda même pas le mercenaire : il savait qu'il était inutile de chercher sur son visage l'expression d'une quelconque inquiétude. Le vieux Kreel avait compris depuis longtemps que Stanley Petersen était indifférent quasiment à tout et que l'idée de la mort, notamment, laissait ses yeux aussi vides et glacés que d'habitude. Comme si la mort lui était devenue si familière qu'il avait fini par la considérer comme une partie de lui-même.

CHAPITRE VIII

Si la folie consiste à vivre dans un univers radicalement différent de celui perçu par la majorité des humains, alors il existe deux catégories de fous.

Il y a ceux, pitoyables et sans volonté, qui se replient sur leurs propres convictions et s'isolent dans leur monde particulier. On les ménage ou on les enferme, pour ne pas briser leurs rêves en les confrontant à la réalité ; ou peut-être, plus inconsciemment, pour ne pas briser notre réalité en la confrontant au rêve...

Et il y a ceux dont la volonté est énorme, l'obstination redoutable, l'énergie dévorante ; ils entraînent tout le monde dans leur folie et en font la réalité. On les appelle génies ou prophètes... L'un d'eux est devenu une légende. Il prétendait être le fils d'un dieu, et prêchait des idées si démentes que les gens sensés le clouèrent sur une croix pour le faire taire. Cependant, plus de mille ans après sa mort, ceux qui mettaient ses paroles en doute étaient brûlés vifs afin que sorte la folie de leurs crânes ; car c'étaient désormais eux les fous...

Alors où est la folie ? Où est la vérité ? Chez les hommes raisonnables qui pensent et disent comme tous les autres ? Chez les fous qui deviennent des prophètes ? Ou peut-être chez les fous qui restent des fous, cloîtrés dans leur rêve ?

Sans doute n'y-a-t-il ni folie, ni vérité...

Questions sur la nature de la société humaine, Marok Ravon

Le marché était toujours très animé à Koroum-Tarok. Ossoul le vendeur de fruits ne savait plus où donner de la tête, car autour de son étalage se pressait une foule dense et bruyante : enfants orusiens faisant les courses pour leur famille, jambes nues, ruisselant de sueur sous leur courte tunique verte ; grands Tindaris de passage dans la cité pour vendre leurs soieries et leurs tapis, superbes et hautains dans leurs robes brodées, avec leurs yeux noirs d'oiseaux de proie et leur maintien rigide ; ceux des peuples tailleurs de cristaux, venus s'établir à Koroum-Tarok pour profiter de la formidable demande du gigantesque marché, gens de Marid-Dorth secs et bruns et leurs concurrents de Sidarth-Rondaïl, pâles et musculeux. Ossoul aperçut même un Kalindos, long et livide, empêtré dans ses vêtements bariolés et flottants, qui tentait vainement de s'approcher de l'étal, effaré par la cohue, se débattant au milieu de la marée humaine, semblable à un grand échassier multicolore pris dans une tempête.

De toute part, des mains se tendaient vers le marchand de fruits, mains petites et mates, mains épaisses et molles, puissantes mains d'artisans, mains décharnées d'esclaves, mains de femmes maraquendis aux longs doigts blancs couverts de bagues, mains sales aux ongles noirs des manœuvres, mains potelées d'enfants et mains ridées de vieillards ; dans chacune d'elles brillaient des pièces de monnaie, et Ossoul se réjouissait car les affaires étaient bonnes. Il était débordé par toutes les demandes, que criaient en orusien les voix aiguës des femmes et des enfants, l'accent épais des hommes de Sidarth-Rondaïl, ou celui, flûté et musical, des Korometh.

Mais Ossoul était heureux au milieu de ce bouillonnement humain, et il débitait infatigablement son boniment pour vanter sa marchandise, tous ces fruits issus du verger qu'il travaillait depuis plus de dix ans, à des dizaines de kilomètres de la ville, au-delà du Favel-Tarok, dans une des oasis de verdure qui s'éparpillaient tout au long de la grande steppe entourant Orus. Il avait planté des graines provenant de la plupart des planètes habitées de l'univers, acclimatant patiemment dans ses serres une flore très diverse afin d'offrir satisfaction à la clientèle hétéroclite de la mégalopolis. Et la foule s'arrachait les grosses baies pourpres et juteuses originaires de Zagrid, les amandes croquantes et dorées très prisées par les Kendars, les lourdes grappes bleues gorgées de sucre qu'adoraient les Maraquendis.

Ossoul était en train de servir le malheureux Kalindos qui avait enfin réussi à atteindre l'étalage, et dont les somptueux habits se retrouvaient tout fripés. C'est alors que du recoin d'une petite ruelle sombre débouchant dans l'avenue du marché à moins de dix mètres du comptoir d'Ossoul, surgit la chose...

Le vendeur de fruits, occupé à rendre la monnaie, ne la vit pas arriver, mais il entendit la clameur des clients groupés autour de ses caisses de marchandises : cris de stupeur, d'effroi, d'horreur surtout. Ossoul se redressa promptement et l'aperçut. C'était à un ou deux mètres de lui, parfaitement visible car la foule s'était largement écartée, par peur et par dégoût. Malgré une certaine hésitation au premier regard, le commerçant fut bien obligé d'admettre que c'était un homme.

Il avait d'abord cru qu'un gigantesque primate, un de ceux qu'il avait eu l'occasion d'observer lors de ses voyages à Zagrid pour récolter des plants d'arbres fruitiers, s'était échappé d'une ménagerie. Mais l'être qui se tenait devant lui avait un corps glabre et portait encore des lambeaux de vêtements déchirés.

Des muscles formidables roulaient sous la peau sale et pâle de la créature, qui dégageait une impression de puissance colossale. D'un bond, le monstre fut sur lui, et Ossoul, paralysé par la peur, n'esquissa pas le moindre geste pour se protéger. Une main énorme, assez large pour enserrer la tête d'un enfant, se tendit vers lui. Le marchand, terrorisé, regarda cette espèce de parodie d'être humain avec des yeux implorants. Il eut le temps de voir un visage déformé par une sorte de rictus bestial, lourde mâchoire saillante et prognathe, paupières mi-closes sous des sourcils épais ; un cou massif enfoncé entre des épaules incroyablement larges, voûtées dans une étrange posture simiesque.

Puis tout se passa très vite ; Ossoul vit s'avancer le bras aussi gros et noueux qu'un tronc, et la main, puissante à broyer des os humains, s'empara d'un grand sac rempli de fruits. La créature tourna alors les talons et s'enfuit vers la ruelle d'où elle était venue d'une curieuse démarche, courbée en avant, pliant les jambes, balançant à bout de bras la lourde charge que le marchand, pourtant vigoureux, avait eu du mal à traîner lorsqu'il avait installé son étalage. Ossoul, rapidement remis de sa frayeur initiale, retrouva immédiatement, en commerçant avisé, son sens des réalités et hurla de toutes ses forces: « Au voleur! »

Parmi la foule des clients, qui s'était promptement reculée au moment où était apparu ce que chacun croyait être quelque dangereuse bête humanoïde, plusieurs courageux, rassurés par leur nombre et par la certitude qu'en fait le chapardeur était un homme, se jetèrent en avant pour lui couper toute retraite. Deux forgerons de Rinaël, le père et le fils, bâtis sur le même modèle, grands et solides, aux muscles endurcis par le travail du cristacier, réussirent à l'agripper. Le voleur de fruits, malgré sa posture voûtée et fléchie sur les jambes, les dominait presque d'une tête ; mais les deux artisans, très décidés, ne se laissèrent pas impressionner. Mal leur en prit, car la créature se dégagea d'une seule secousse, projetant le plus âgé des deux hommes à plusieurs mètres. L'autre s'écroula au sol, hurlant de rage et de douleur. A la place de son épaule droite, il n'y avait plus qu'un trou sanglant de chairs déchirées. Le monstre continuait sa fuite, brandissant dans une main le sac de fruits, et dans l'autre le bras du jeune forgeron imprudent. Personne d'autre n'essaya de l'arrêter, et il disparut très vite dans l'obscurité de la ruelle.

Ossoul resta un moment abasourdi. Devant ce qui était arrivé à l'homme de Rinaël, il réalisait que lui-même était passé près d'un sort peu enviable. Mais ce qui le troublait le plus, c'était qu'ayant vu l'étrange colosse tout proche de lui, il avait la curieuse sensation que cet être épouvantable aurait pu en fait tout aussi bien dégager une impression de parfaite beauté : il avait un corps puissant et harmonieux, mais le déformait par des postures bestiales ; les traits de son visage étaient fins et réguliers, mais sa façon d'avancer la mâchoire pour paraître prognathe, son rictus simiesque, sa face crispée dans une grimace grotesque et hideuse, tout cela lui conférait une laideur insoutenable. Ossoul secoua la tête en pensant que, décidément, Orus était pleine de gens bizarres. Le jeune artisan mutilé avait été emmené par son père et quelques passants ; la foule recommençait à s'animer ; Ossoul décida que le moment était venu de s'occuper à nouveau de choses sérieuses. Il se mit à crier d'une voix forte, habituée à couvrir le brouhaha du marché :

— Venez tous voir mes fruits ! Ce sont les plus beaux ! Des fruits de Zagrid, de Sirion, de Karanosh et d'ailleurs ! Pour des prix dérisoires ! Venez acheter mes fruits !...

Le monstrueux colosse fuyait dans le dédale des petites rues bourbeuses qui menaient vers le cœur de la ville, jusqu'à la cité interdite. Lorsqu'il fut certain d'être tranquille, il s'arrêta, s'assit dans un recoin et commença à engloutir les gros fruits rouges qu'il avait dérobés.

Sept mois auparavant, il s'était échappé d'un vaisseau impérial en escale sur Orus. Un puissant désir de s'arracher au monde confiné qu'il avait toujours connu l'avait poussé à briser la porte de sa cellule, comme s'il avait senti qu'au-delà de ces parois capitonnées qui avaient constitué son unique horizon aussi loin que remontaient ses souvenirs, se trouvait un autre univers auquel aspirait tout son être. Il avait d'abord été terrifié par l'immensité des espaces s'ouvrant autour de lui, par le soleil d'Orus, cette boule jaune qui brillait d'un éclat aveuglant. Il avait eu peur de la foule, lui qui croyait que ces créatures étranges qui marchaient en se tenant droites avaient disparu voilà longtemps. Il n'en avait pas vu depuis des années, et jamais il n'aurait pensé qu'il pût y en avoir tant. En fait, il avait été surpris de trouver quelque chose au-delà des murs de sa prison.

Mais tout au fond de lui, ces mêmes pulsions qui l'avaient entraîné à fuir le minuscule univers dans lequel il avait grandi guidaient sa conduite en toute chose. Il avait su, inconsciemment, qu'il devait s'éloigner des autres. Il avait perçu, dans le regard des gens qui grouillaient sur le grand spatioport, la peur et le dégoût ; toujours ce même regard, le même que celui des hommes qui lui apportaient, autrefois, sa nourriture ; un regard plein du désir de meurtre, ce désir ressenti devant une bête répugnante qu'il faut écraser, mais un désir réfréné, contenu. Lui ne savait pas réfréner, ni contenir... Il avait tué, autrefois, à cause de ce regard. Et ce jour où avait éclaté la coquille de sa prison, il avait retrouvé le même de tout côté, et il avait couru, très longtemps. Mais toujours autour de lui, ce regard était resté, partout. Il avait frappé, écrasé, broyé ceux dont le regard ne s'était pas éloigné assez vite ; il avait couru encore pour échapper à tous ces yeux révulsés d'horreur et de haine. Et enfin, il s'était retrouvé seul dans le sombre labyrinthe de la cité interdite.

Lui dont la faim avait toujours été assouvie par de la nourriture glissée au travers d'une trappe, il avait appris à trouver de quoi manger. Koroum-Tarok regorgeait d'échoppes, de magasins, de stocks de denrées, d'étalages de fruits et de viandes. Sa force, sa rapidité et cet instinct, animal qui le guidait lui avaient permis de satisfaire son énorme appétit.

Il allait parmi les hommes, volait, et le soir retournait vers la cité interdite. Là vivaient des êtres différents de ceux, bruyants et faibles, qui pullulaient à Koroum-Tarok. Il les avait vus au détour des rues sales et privées de soleil, créatures farouches aux habits de métal, rôdant en bandes comme des loups, et il avait su qu'il devait les éviter, eux aussi. En tout ils étaient opposés à ceux qui se tenaient à la lumière, serrés en troupeau jacassant et prompts à s'apeurer ; ils recherchaient les lieux obscurs et silencieux, où les seules lueurs étaient celles de l'éclat de leurs armes, et les seuls bruits ceux de leurs luttes. Dans sa folie, privé de la parole et de l'entendement du langage, le colosse avait développé d'autres moyens de comprendre les hommes. Il percevait bien des sentiments au travers d'un regard, et savait déceler la présence d'une aura particulière à chaque individu. Il avait vu qu'autour des êtres aux habits de métal flottait un halo sombre et menaçant, et il se méfiait d'eux.

Ayant mangé la moitié des fruits, il se sentit

repu. Il se leva et reprit sa route, décidé à aller cacher le reste de son butin dans un de ses repaires. Dans l'ombre, il vit briller les petits yeux rouges d'un rat, et il sut qu'il était tout proche des trous qui menaient au monde d'en dessous, son domaine. Et comme toujours lorsqu'il rentrait d'une de ses incursions à Koroum-Tarok, ils surgirent, innombrables, là où un instant auparavant il n'y avait rien, semblant naître de la fange des rues et du torchis des murs. Le colosse eut une sorte de sourire : il était de retour chez lui.

Il était maintenant entouré d'une myriade d'êtres loqueteux et faméliques qui tendaient vers lui des mains avides, et lui adressaient des phrases qu'il ne comprenait pas, mais qu'il savait être implorantes. Ils avaient senti l'odeur des fruits, et la proximité de cette nourriture les rendait hardis. Ils connaissaient le géant et sa force terrifiante, mais l'espoir de rassasier leur faim douloureuse les poussait à toutes les imprudences, et certains allèrent même jusqu'à poser leurs mains crochues sur le grand sac de toile. La brute eut juste un geste de la main pour les effrayer. Devant ces misérables, aucune pulsion ne l'entraînait à tuer, car dans leur regard il n'y avait ni dégoût, ni horreur, ni pitié, seulement la faim et la crainte des coups. Parmi eux, il était comme un lion au milieu des chacals.

Lorsqu'il avait pour la première fois rencontré ce peuple sordide qui hantait les abords de Morg-Tarok, à mi-chemin entre le monde des hommes et celui des rats, il avait éprouvé une espèce de bonheur en découvrant des êtres pour qui il ne semblait pas constituer une chose répugnante et effroyable. Tous ces malheureux parias de la société d'Orus, immigrants du Favel-Tarok chassés du bidonville par la fabuleuse extension de la ville, esclaves en fuite incapables de s'arracher à la mégalopolis, ou même citoyens de Koroum-Tarok autrefois prospères mais victimes de la longue déchéance dans laquelle les avaient entraînés le Thyriül, le Fazireh ou le Korofel, tous ceux-là, contraints de se nourrir de rats et de déchets pour survivre, s'abritant dans les égouts et les décombres des masures écroulées de la cité interdite, avaient oublié depuis longtemps ce que signifiait l'horreur, la pitié ou le dégoût. Le rictus grimaçant du colosse leur paraissait anodin, eux dont les visages étaient déformés par la famine, le scorbut et les morsures infectées des rats. Ses postures simiesques leur étaient indifférentes, eux qui étaient courbés par la faiblesse, eux qui étaient devenus des bêtes rampantes à l'image des animaux mutants avec lesquels ils partageaient ce monde de pourriture. Et ils enviaient sa vigueur, son corps repu ignorant la faim.

A la fois agacé et flatté par leurs prières implorantes, leurs mains tendues qui suppliaient et essayaient d'atteindre son butin, le géant puisa quelques fruits dans son sac et les jeta au milieu de leur foule. Il y eut aussitôt une mêlée acharnée, féroce, pleine de cris, de morsures et de coups. Le colosse s'éloigna, satisfait. Mais d'autres misérables, follement encouragés par cette générosité inattendue, se firent plus pressants, s'agglutinant autour de lui, l'aggripant aux bras et aux épaules. Conscient de la nécessité d'agir pour avoir la paix, il saisit l'un d'eux au cou et, d'une brusque secousse, lui brisa les vertèbres. La foule reflua, inquiète, jugeant plus prudent de changer d'objectif, et se regroupa autour du cadavre pour le disputer aux rats géants, oubliant très vite l'immense silhouette qui disparaissait dans les décombres d'un taudis.

Là s'ouvrait un des passages pour Morg-Tarok, le monde d'en dessous. Le colosse y avait établi des caches pour ses provisions, qu'il mettait à l'abri sous d'énormes blocs que les bêtes et les hommes faméliques de la cité interdite étaient incapables de déplacer. Il n'osait cependant s'aventurer très loin de la surface ; lorsque l'obscurité devenait trop profonde, il était saisi d'angoisse, et il avait compris que les souterrains les plus noirs appartenaient au royaume de ces êtres monstrueux qu'il avait dû affronter une fois, les rats géants, seigneurs de la nuit de Morg-Tarok.

Alors qu'il explorait son nouvel univers, il s'était risqué dans des zones très sombres et profondes, attiré par une force mystérieuse, un vague espoir de découvrir quelque chose... Et des rats monstrueux l'avaient attaqué. Il en avait écrasé deux à coups de pierre, et les autres s'étaient enfuis ; mais dans une obscurité totale, malgré sa force, il aurait été dévoré. Depuis son combat, il ne quittait plus les endroits où la lumière filtrait encore par les ouvertures donnant sur l'extérieur ; la nuit, il allait dormir au-dehors, dans les décombres de la cité interdite. Mais lors de son incursion vers les profondeurs de Morg-Tarok, il avait aperçu d'étranges apparitions qui suscitaient en lui, constamment, des pensées confuses d'une folle espérance :

« En bas, loin... Il fait noir... Une autre ville ! Et eux... Comme moi, comme moi ! Mais le noir... J'ai peur, le noir... Ils sont là-bas. Ils sont loin sous la terre... Oh, aller là-bas !... »

Le colosse avait atteint une de ses cachettes, une alvéole dans le mur d'un souterrain, obstruée par un roc de plus d'un quintal. Il déplaça aisément le bloc de pierre et déposa son sac dans le creux de la paroi, à côté des galettes qu'il avait dérobées deux jours plus tôt. Il était las des fruits mais avait encore de l'appétit ; il dévora avidement un des gâteaux. Puis il remit le bloc en place et, sentant la nuit proche, remonta vers la surface. Une fois au-dehors, il se mit en quête d'un gîte pour dormir. Sa prudence animale le poussait à changer fréquemment d'abri. Plusieurs fois, depuis qu'il était à Orus, il s'était senti traqué, mais toujours il avait échappé aux hommes qui semblaient le pourchasser, grâce à sa connaissance de la cité interdite et des premiers souterrains de Morg-Tarok.

Il avait repéré, près d'une fumerie de Dorak, un taudis aux murs et au toit assez bien conservés, où habitait un groupe de pauvres zombies décharnés qu'il lui serait facile de chasser. Il ignorait que c'était l'antre du prêcheur fou, Yuri le dément...

C'était le crépuscule, l'heure à laquelle les hommes se retiraient des rues de la cité interdite, les abandonnant aux rats qui sortaient en grand nombre des profondeurs de Morg-

Tarok. Le géant arriva à l'entrée de la masure, et là où il s'attendait à trouver une horde de créatures affamées, il ne vit qu'un homme, un vieillard, accroupi sur le sol. Le vieux était hideux, immense carcasse squelettique voûtée, pliée, avec des bras et des jambes interminables ; dans la pénombre, il évoquait une gigantesque araignée. Il était vêtu de haillons loqueteux et boueux, et sous la couche de crasse qui le recouvrait, la couleur de sa peau était indéfinissable. Sur son grand cou maigre de vautour était juchée une tête chauve dont l'épiderme parcheminé collait aux os, le faisant ressembler à une momie. Ses yeux, enfoncés dans son crâne, disparaissaient au fond des trous noirs des orbites. Il ouvrit une grande bouche édentée et commença à parler, d'une voix douce et lancinante :

— Viens, ami. Je t'attendais. N'aie pas peur, entre !

Il accompagnait ses mots de vastes gestes des bras, tendant ses mains immenses vers le colosse.

— Oh, depuis si longtemps ! Et tu es venu... Mais je le savais, je le savais, m'entends-tu ?

Sa voix, d'abord enjôleuse, s'était faite plus forte, malsaine. Le géant eut un mouvement de recul ; il éprouvait une peur inexplicable devant ce vieillard malingre et avachi.

— Non, ne t'en va pas ! Reste avec Yuri ! Reste, reste... Nous sommes semblables tous les deux, tu le sais, bien sûr. C'est pourquoi je t'attendais. Patiemment, patiemment, Yuri est patient ! Il a eu le temps d'apprendre la patience... Maintenant, approche, viens près de Yuri...

Une terreur instinctive voulait entraîner le géant à fuir, mais une force bien plus grande, émanant de la voix du miséreux et des mouvements lents et obsédants de ses mains énormes, le forçait à rester ; il vint s'asseoir dans la baraque. La lueur mourante du jour éclairait le vieux d'une étrange façon, estompant son torse et ses jambes dans la pénombre, faisant ressortir ses bras qui battaient l'air comme les ailes démesurées d'un oiseau fou, et son visage squelettique dont les taches noires des orbites s'étaient encore agrandies.

— Yuri est content. Ce pauvre corps va enfin pouvoir se reposer ; il est si vieux... Je t'ai attendu si longtemps ! Oh, il y a les autres, autour... Ils m'apportent de la nourriture, ils se privent pour moi. Ils ont peur, car parfois Yuri les punit ! La nuit, ils s'en vont : ils craignent mes rêves et les paroles de mon délire... Je les aime bien pourtant. Mais ils sont tous semblables ; ils ne croient que ce qu'ils voient ! Te rends-tu compte ? Sans même comprendre qu'en fait, ils sont incapables de voir ce à quoi leur pauvre esprit ne saurait croire !

Le vieillard se mit à rire bruyamment, sa gueule édentée, toute plissée aux lèvres, grande ouverte. Et son rire durait, durait... Les sons qu'il émettait, peu à peu, se modifiaient, devenant moins humains, ressemblant de plus en plus au bruit fait par des tôles heurtées les unes contre les autres. A ces sons vinrent s'ajouter des grincements de gonds rouillés, des grattements de clous sur du métal, des craquements de crécerelle. Et cet horrible concert sortait de la bouche du vieil homme. Le colosse eut un mouvement pour s'enfuir, et aussitôt la cacophonie s'arrêta. Le vieux reprit sa voix mielleuse :

— Non, reste, reste avec Yuri ! Il ne faut pas avoir peur. Tu es bien avec moi... Je te parle ; je te connais... Grâce à moi, tu auras un nom. Tu étais un numéro, et bientôt, tu seras Yuri ! Yuri le fou... C'est ainsi qu'ils disent, ces idiots. Toi le numéro, moi le fou... Ils appellent folie ce qu'ils ne peuvent comprendre... Pourtant, j'essaie ; j'essaie de leur dire, de leur expliquer... Mais ils rient et me nomment le prêcheur fou ! Et s'ils savaient ce que je sais, s'ils avaient vécu ce que j'ai vécu, leur raison ne vacillerait-elle pas ? Resterait-elle ferme, solide, épaisse, lourde et stupide ? Oh, quel esprit humain pourrait connaître mes secrets et rester ancré dans le troupeau des esprits communs, bien à l'écart de la folie, bien à l'écart de la sagesse ? Toi aussi, tu es un dément, un paria. Ton univers est ailleurs, et mon univers est ailleurs. Je t'attendais ; j'attendais une âme comme la tienne. Et tu es venu... Sois donc Yuri !

Le géant avait écouté ce discours, qu'il ne comprenait pas, stupidement, fasciné par l'aura qu'il commençait à entrevoir, cette aura fabuleuse aux couleurs changeantes, irisées, qui entourait le corps long, sec et cassé du vieil homme. Et soudain, l'horrible vieux fouilla fébrilement dans ses haillons, puis porta la main à son oreille droite. Lorsqu'il retira ses longs doigts crasseux, ce qu'aperçut le colosse le fit sursauter. A travers le gros lobe sale et plissé passait un anneau, un anneau de lumière étincelante... Le miséreux se remit à rire, brièvement cette fois-ci.

— Il est beau ! C'est le mien, le sixième ! Il faudra le prendre... Tu le prendras, n'est-ce pas ? Et ne pas le perdre, oh non ! Sinon, qu'arriverait-il à Yuri ? Il pourrait mourir dans un vieux corps ! Oh non, tu ne le perdras pas ! Jamais ! Jamais !...

Il hurlait maintenant de façon hystérique, écartant ses bras qui étaient agités de spasmes convulsifs. Son compagnon, sortant de son hébétude et averti par son instinct qu'un danger le guettait, voulut s'enfuir. Mais il avait réagi trop tard ; il eut le temps de distinguer, avant d'amorcer son mouvement de recul, deux points rouges dans la nuit, et il fut paralysé ; au fond des orbites noires du vieillard, deux yeux s'éclairaient enfin, et ces yeux avaient la couleur du métal incandescent. Le jeune géant ne pouvait plus détacher le regard des deux brandons ardents, et peu à peu, une sensation écœurante se fit jour dans son esprit : celle d'une bête molle, visqueuse, tiède, qui pénétrait dans son crâne...

La chose était en train d'engloutir sa mémoire, ses sentiments, son âme. Tout fusionnait dans un bouillonnement gluant. Lentement, ses souvenirs et ses rêves se diluaient au milieu des souvenirs et des rêves de milliers d'autres vies, pour se fondre avec eux en une entité unique. La seule perception qu'il avait encore était celle de deux lueurs rouges brillant au milieu de la nuit. Puis il n'y eut plus rien.

Le vieil homme gisait, immobile, au fond du

taudis ; la vie avait quitté son corps. Le colosse se redressa et s'approcha du cadavre décharné. Il se saisit de l'anneau du vieux et le fixa à son oreille. Puis il se mit à parler tout seul, d'une voix douce, lancinante, qui prenait parfois des accents hystériques :

— Yuri est jeune, maintenant ! Jeune et fort. Il pourra à nouveau prêcher la vérité, partout... Mais personne n'écoute ! Personne ne veut comprendre ! Qu'ils meurent dans l'ignorance ! Yuri était là avant eux... Et lorsque le dernier de ces êtres à l'esprit lourd agonisera, Yuri sera là pour rire de sa stupidité !

Le géant, jambes fléchies, courbé vers le sol comme pour prendre appui sur ses bras puissants, abaissa largement sa mâchoire prognathe et partit d'un énorme éclat de rire qui finit par se muer en un épouvantable concert de grincements métalliques, voix désespérée que nul ne pouvait plus comprendre depuis une éternité...

CHAPITRE IX

Nous avons parfois l'étrange impression de revoir un endroit que nous devrions logiquement découvrir pour la première fois, de comprendre une langue que nous n'avons jamais pratiquée, de nous souvenir plutôt que d'apprendre...

Certains expliquent cette sensation troublante en parlant de métempsycose. Je crois plutôt que ce phénomène dépasse de beaucoup la simple réincarnation d'une âme au cours des âges. Ma conviction est que chaque homme porte en lui une mémoire fabuleuse où se trouve conservée l'histoire de la pensée vivante, depuis le moment où la première ébauche d'une conscience a émergé du néant jusqu'à l'époque de l'humanité actuelle, avec ses complexes schémas de raisonnement.

La vie ne constitue qu'une succession de déclics permettant à notre pensée l'accès à ces réminiscences enfouies dans les profondeurs de notre inconscient.

Imaginez alors un esprit chutant au plus noir de ce puits immense qui s'ouvre dans notre mémoire cachée, un esprit chassant les souvenirs des âges où existait une forme évoluée d'intelligence pour ne plus conserver que la conscience de ces temps archaïques où la première pensée s'est éveillée au cœur des océans dans un corps fuselé à la gueule meurtrière, derrière le regard vitreux de deux yeux livides... Cet esprit serait celui d'un squale.

Un germe de folie, Ozan Rimith

Le crépuscule tombait à Faya Nubangui. Stanley venait d'affronter sept jeunes Kreels armés de bâtons d'entraînement ; jamais les gourdins ne l'avaient atteint, et lui, de ses mains nues, avait terrassé ses adversaires attaquant tous ensemble. Il parvenait désormais à réaliser quotidiennement ce genre de prouesse. Le mercenaire avait le sentiment que son corps était devenu une machine parfaite, docile et redoutable ; bientôt, il devrait mettre cette machine à l'épreuve : demain serait pour lui le Naa Dayi...

Les Kreels se retirèrent, car avec la nuit arrivait l'heure des chants. Stanley se retrouvait seul dans la grande salle d'entraînement au sol couvert d'une natte. Il s'approcha du râtelier et prit une lourde épée de métal, une de ces armes d'acier utilisées pour se familiariser avec le maniement des lames Gaïnkishs. Peu de temps après le début de son apprentissage des arts martiaux, il l'avait remarquée parce qu'elle était énorme, plus longue et plus épaisse que toutes les autres ; il avait alors décidé de s'en servir pour travailler les attaques et les parades. Mani Okondo s'était moqué de lui. Le colosse avait fait fabriquer cette épée spécialement pour son propre usage, et il fallait une force exceptionnelle pour la manier ; Stanley avait à peine réussi à la soulever... Mais il ne s'était pas découragé, et chaque soir, il était resté seul dans le dojonko.

Le Sven assura la poignée dans sa main droite, et se mit à faire tournoyer l'arme au-dessus de sa tête, très rapidement. Puis il esquissa des coups d'estoc et de taille, des moulinets, des parades. Il recommença l'exercice de la main gauche, et ensuite en maniant l'épée à deux mains. Enfin, il tendit les bras à l'horizontale, maintenant la lame pointée devant lui, et s'immobilisa. Il resta ainsi très longtemps, tendu, contractant chacun de ses muscles, faisant le vide dans son esprit, et il ferma les yeux. Soudain, il projeta les mains au-dessus de sa tête ; l'arme s'éleva en sifflant, décrivit un tour dans les airs et retomba, poignée vers le sol. Stanley la rattrapa à l'instant où elle passait au niveau de ses épaules. Alors il ouvrit les paupières. L'épée se dressait, parfaitement verticale, à quelques centimètres de son visage. Satisfait, il la remit à sa place et quitta la salle. Ayant rejoint sa chambre, il s'endormit avec la placidité d'un fauve repu.

Le lendemain, Fari Kombo le conduisit lui-même dans une partie de la cité où le Sven n'avait jamais mis les pieds. Stanley remarqua qu'ils progressaient vers le centre de la ville de pierre ; les portes qui lui avaient toujours bloqué l'accès à cet endroit de Faya Nubangui s'ouvraient devant le vieux Kreel. Ils se retrouvèrent dans une couche plus profonde de la sphère creusée dans la roche noire ; les pièces y étaient beaucoup plus vastes que dans la zone superficielle que connaissait le mercenaire.

Ils pénétrèrent dans un dojonko où se tenaient quatre vieillards que Stanley voyait pour la première fois. L'un était immense, puissant, les épaules formidables ; il paraissait encore plus fort que Mani Okondo, mais dans ses prunelles de braise brillait une lueur de douceur et de sérénité qui n'existait pas dans le regard de l'instructeur du Sven. A côté de lui se tenait un Kreel de taille moyenne, au corps robuste ; ses yeux immenses étaient rayonnants d'amour. Le troisième était grand, élancé, et son visage était d'une troublante beauté ; il souriait de manière énigmatique. Leurs cheveux blancs faisaient penser à l'arrivant qu'ils étaient assez âgés, mais leurs corps donnaient l'impression d'une exceptionnelle vigueur et ils n'avaient presque pas de rides, conservant la même étonnante jeunesse que Fari Kombo. Seul le dernier des quatre, qui se tenait à l'écart, avait vraiment un aspect de vieillard ; mais son corps décharné semblait soutenu par une prodigieuse énergie. Stanley eut la curieuse sensation que cet être n'appartenait plus réellement au monde de la matière ; son enveloppe charnelle était sans importance, et les derniers vestiges perceptibles de son existence paraissaient concentrés dans son regard, qui reflétait une parfaite béatitude.

Tous arboraient huit cercles d'argent sur leur bayungui. Fari Kombo prit la parole :

– Tu vois ici réunis les cinq maîtres du huitième cercle, les Eyo Makanés du peuple kreel. Nous allons assister à ton épreuve. En général, c'est un détenteur du septième cercle qui dirige le rite du Naa Dayi. Mais c'est la première fois qu'un étranger se trouve parmi nous pour accéder à notre enseignement. Cela mérite l'attention la plus grande…

Un pan de mur coulissa près de Stanley, et un sixième Kreel entra dans la pièce. Il était jeune, très grand, puissamment bâti, et tenait un long sabre d'acier étincelant. Le vieillard à l'impressionnante stature s'adressa au mercenaire ; il avait, lui aussi, une voix musicale, grave et chaude :

— Voici ton adversaire, pour un combat à mort. Réussis et tu deviendras un manga ; tu auras une robe noire, un bayungui à trois anneaux ; tu porteras en toi le pouvoir de Minga, Fanayimbé et Akindo ; tu recevras un nom, un nom kreel, et tu seras un homme parmi les hommes du peuple de Jaambé.

Les cinq Eyo Makanés s'écartèrent dans un coin du dojonko, le jeune Kreel brandit son arme, et Stanley se mit en garde. La lutte à mort pouvait commencer.

Les attaques du Kreel étaient vives et précises, mais le Sven avait appris à éviter de tels coups. Pourtant, cette fois-ci, sa vie était en jeu ; s'il était touché, il n'aurait pas une deuxième chance. La lame bleutée du sabre virevoltait autour de lui comme un grand insecte d'acier. Stanley se concentra sur l'esquive, attendant de bien connaître la façon de combattre de son adversaire avant de risquer une attaque. Le Kreel était un excellent technicien ; il maniait son arme avec aisance et rapidité, et lançait parfois des coups de pied ou de genou. Il était supérieur à tous les hommes qu'avait affrontés Stanley auparavant. La principale difficulté pour le mercenaire était de ne pas se laisser obnubiler par les éclairs bleus que dessinait la longue lame luisante, de ne pas se laisser envoûter par la danse du métal froid autour de son corps, de se forcer à ne pas imaginer l'acier dur tranchant sa chair pâle.

L'expérience lui avait appris que les meilleurs guerriers ne devaient pas craindre la mort comme les hommes des peuples du centre, trop attachés à leur existence molle et leur corps faible ; ni aimer la frôler, la sentir tout contre soi comme les Moog-Saïs avec leur culte des mutilations ou les Uktuhls fanatisés par une religion macabre ; ni prendre plaisir à la donner comme les Sarkoïs sadiques ou les Krüses avides de sang ; il fallait y être indifférent, totalement indifférent... Et pour parvenir à cette absolue indifférence à l'égard de la mort, Stanley savait qu'il n'existait qu'un seul moyen : cesser de raisonner en termes de dualité, réaliser la fusion de son être avec un concept au départ résolument opposé à l'esprit humain. Par un long glissement vers les abîmes les plus glacés de son âme, il y était parvenu. Et en lui avait surgi cette épouvantable certitude qui avait fait du Sven un guerrier sans faiblesse :

« Je suis la mort... »

Stanley oublia ce que représentait le sabre d'acier bleu pour ne plus le considérer que comme un vulgaire bâton d'entraînement qu'il fallait éviter ; puis il passa à l'attaque. Esquivant un coup à la face, il saisit le poignet de son adversaire pour porter une clé au bras, et faucha sa jambe d'appui d'un rapide balayage. Le Kreel tomba dos au sol et dans le même temps dut lâcher son arme, le bras tordu par la prise de Stanley. Le mercenaire bondit sur lui et le frappa du tranchant de la main en visant juste sous le nez, dans un mouvement remontant vers le sommet du crâne, afin d'atteindre un des sept upoko saki de la tête et tuer l'homme.

Mais juste avant que son coup ne parvînt à toucher le visage du Kreel, le Sven fut soudainement paralysé, et une intense lumière blanche l'aveugla complètement ; en quelques instants, il retrouva l'usage de la vue, et il vit celui qu'il venait de vaincre disparaître par le panneau de mur coulissant. Le sabre d'acier était resté sur le sol. Il fallut à Stanley encore un moment pour être libéré du mystérieux engourdissement dans lequel il avait été brutalement plongé. Lorsqu'il fut à nouveau capable de mouvoir ses membres, il se releva et regarda les cinq vieillards.

Le Kreel aux yeux immenses parla le premier ; il avait perdu son sourire, et son expression était sévère :

— Sans notre intervention mentale, tu aurais tué cet homme... Pourquoi?

Stanley avait toujours ressenti une sorte de plaisir en écoutant parler ceux du peuple noir. Mais la voix du vieil Eyo Makané surpassait en beauté et en puissance évocatrice toutes celles qu'il avait entendues à Faya Nubangui. Le mercenaire resta un instant silencieux, savourant la chaleur que les quelques mots prononcés par Alifu Orombo avaient fait passer dans son cœur; puis, lorsque tout fut redevenu en lui aussi froid que de la glace, il répondit à la question:

— Lui aussi essayait de me tuer. Je me suis défendu...

— Tu l'avais désarmé, jeté à terre... Il était vaincu, inoffensif... Alors pourquoi?

Stanley riva son regard à celui du maître des chants. Ses yeux étaient aussi grands que ceux du Kreel; mais derrière les sombres iris du vieil homme brûlaient la foi, la musique, la douceur et l'amour; derrière le voile clair et froid de ceux du mercenaire, il n'y avait rien...

— C'était un combat à mort, n'est-ce pas?

Alifu Orombo baissa la tête. En entendant le ton sur lequel l'étranger prononçait « mort », il se sentait presque pris de malaise.

Le maître du huitième cercle à la colossale stature s'adressa, à son tour, à Stanley:

— Quoi qu'il en soit, tu as réussi l'épreuve... Tu l'as réussie mieux que personne ne l'a jamais fait. Son but n'est pas de connaître la valeur au combat, les capacités techniques et physiques ; au moment du Naa Dayi, tous ont acquis le niveau nécessaire. C'est un test pour mesurer le courage, l'aptitude à surmonter la peur. Pour mériter les trois premiers cercles, il faut être capable de maîtriser son corps en toutes circonstances, même face à la mort. Certains renoncent d'emblée au combat, craignant trop pour leur vie ; d'autres sont presque paralysés par l'angoisse ; les meilleurs parviennent à lutter à peu près correctement, et ceux-là méritent d'être des mangas. Mais ceux qui réussissent à vaincre sont très rares ; et c'est la première fois que je vois quelqu'un le faire aussi vite...

— Y en a-t-il beaucoup qui meurent à cause de cette... épreuve ?

— Cela n'arrive jamais.

— Et ceux qui ne peuvent éviter le sabre ?

— Ce n'est pas un sabre...

Akoono Tingo se dirigea vers l'arme qui était restée sur le sol et la ramassa. Puis il la tendit au Sven.

— Regarde...

Stanley avança la main pour toucher l'objet

et s'assurer que sa vue ne lui mentait pas... Le grand Kreel ne tenait pas une lame d'acier, mais un simple bâton d'entraînement, un gourdin emmailloté d'étoffe.

— C'était une illusion, étranger, une illusion... Jamais tu n'as été en danger de mort ; mais tu croyais l'être, comme tous ceux qui passent cette épreuve. Nous avons modifié la perception de tes sens de façon très ténue, très sélective... Et tu as cru voir du métal tranchant là où il n'y avait que du bois et des chiffons. Fari Kombo t'a dit qu'un maître du septième cercle assistait toujours à ce rite ; son rôle est en fait essentiellement de provoquer cette hallucination limitée. Mais cela ne peut te donner idée que d'une infime partie des pouvoirs conférés par Kotangui...

— Tu es simplement au début de la voie ; au tout début...

La voix chantante d'Alifu Orombo avait rempli la pièce d'une imperceptible lumière. Stanley tourna son visage sans expression vers le vieux maître des chants. Ce dernier, tout comme Fari Kombo lorsqu'il s'était trouvé pour la première fois en présence du mercenaire, se sentit mal à l'aise, troublé par les yeux immenses et glacés qui le fixaient. Le cœur de Faya Nubangui avait surtout été gêné et irrité par son incapacité à contrôler ses émotions, lui, un Eyo Makané. Mais Alifu Orombo ressentait essentiellement une grande tristesse devant cet homme à l'esprit mutilé ; et il se demandait quelle était l'existence cruelle qui avait pu arracher au Sven ses moindres sentiments d'être humain. Plus qu'à toute autre chose, le maître des chants était sensible aux sons et à leur musique. La voix de l'étranger, vide et froide, l'effrayait par-dessus tout. Et lorsque Stanley recommença à parler, Alifu Orombo eut beaucoup de mal à conserver une expression bienveillante.

— Que deviennent ceux qui ratent cette épreuve ?

— Ils ne peuvent prétendre suivre le premier chemin, Onda Sambuguzu ; mais il existe des milliers de chemins parallèles, qui forment une voie unique, *la* Voie... celle qui mène à la félicité de Jaambé... Ils ne seront jamais des mangas ; ce mot, tu le sais, signifie en kreel ancien homme accompli. Mais la langue de nos ancêtres était extrêmement subtile ; nous sommes d'ailleurs loin d'en avoir percé tous les mystères. Manga, phonétiquement, se rapproche de Minga, la force, et peut signifier plus précisément celui qui emprunte la porte de la force... Onda Sambuguzu est un moyen de s'accomplir ; ce n'est pas le seul. L'échec à l'épreuve que tu viens de passer ne signifie pas l'échec... Pas plus que la réussite à cette épreuve ne signifie la réussite.

Alifu Orombo était satisfait ; il était presque sûr d'avoir intrigué l'étranger. Ayanga Epugu s'adressa alors, pour la première fois, à Stanley :

— Tu as mérité de recevoir le bayungui aux trois cercles. La cérémonie aura lieu dans une heure, devant les représentants de tout le peuple de Faya Nubangui. Désormais, tu es un Kreel parmi les Kreels. Tu seras libre de sortir de la cité de pierre pour découvrir notre planète ; tu pourras contempler notre soleil rouge, et le Limbu aux sommets enneigés. Si tu le désires, tu seras accepté par tous les enfants de Jaambé comme un des leurs. Mais si tu veux quitter notre monde, un vaisseau t'emmènera à l'endroit de ton choix...

Stanley savait que beaucoup de choses étaient encore à découvrir. En lui vivait l'instinct de survie, l'instinct du squale ; et le squale disait :

« Pourquoi se contenter de trois cercles s'il en existe neuf ? »

Le mercenaire était un poignard sans défaut, dur et tranchant, mais un poignard qui avait conscience de son existence et qui n'avait qu'un but : être parfait. La lame pouvait encore être affûtée...

Il répondit sans hésitation :

– Je reste ; pour apprendre...

Puis il rejoignit sa chambre. Avant de quitter le dojonko, il se tourna vers le seul des cinq Kreels qui n'avait pas parlé, le seul qui eût réellement l'air d'un vieillard, Sino Tuzangui, le Naa Makané. Leurs regards se croisèrent ; l'un et l'autre étaient vides de passions... Mais entre les yeux clairs ouverts sur une âme ayant régressé aux franges de l'animalité et les yeux noirs reflets d'un esprit au seuil de la béatitude, il y avait le gouffre de l'éternité humaine.

Une heure plus tard, Fana Kabungué vint chercher le mercenaire dans sa chambre. Les deux hommes retournèrent vers le centre de la cité, et à nouveau, les portes qui d'habitude restaient fermées à l'approche du Sven s'ouvrirent devant eux. Le Kreel parla de sa voix chantante :

– Lorsque tu porteras la robe aux trois cercles, ces passages ne te seront plus interdits. Comme tu l'as sans doute déjà remarqué, Faya Nubangui est une sphère creusée dans le roc ; cette sphère est divisée en neuf couches. Dans la première se trouvent les chambres des jeunes Kreels qui préparent le Naa Dayi, les dojonkos nécessaires à leur instruction, les pièces communes où ils se retrouvent. La deuxième abrite de très grandes salles destinées à l'entraînement, aux chants et à la plupart des cérémonies ; c'est là que nous allons. La troisième sert à ceux qui, comme toi, ont réussi l'épreuve du Naa Dayi ; ils s'y consacrent à la quête du quatrième cercle. Les deux couches suivantes ont les mêmes fonctions, c'est-à-dire que l'on y prépare l'accès au cinquième et au sixième cercle. Puis il y a un espace creux, simplement, traversé par des centaines de ponts de roche noire ; il symbolise le passage vers le monde de l'âme, car ceux qui habitent les deux couches suivantes, la septième et la huitième, ont atteint le suprême niveau de l'être. Là sont rassemblés tous les Kreels de Faya Nubangui qui peuvent réunir leurs esprits par la transe sacrée, le Kamunga Nagué ; ce sont des maîtres des sixième, septième et huitième cercles. Enfin, il y a le cœur de la cité, le neuvième lieu, l'endroit où s'accomplit parfois la fusion des âmes de tout un peuple en une vibration qui l'unit à Jaambé...

« Le système d'ouverture des portes est sensible au nombre d'anneaux d'argent des bayunguis : les maîtres des niveaux supérieurs peuvent se rendre partout ; ceux du cinquième cercle peuvent aller à loisir dans toute la première partie de la cité, mais il leur est impossible de franchir seuls les ponts de pierre de la sixième couche ; et ainsi de suite jusqu'aux novices, qui sont cantonnés dans la zone la plus superficielle de la ville. Au début de ton séjour ici, nous t'avons gardé dans une sorte de prison dont les portes ne sont sensibles qu'à des clés magnétiques que possédaient ceux qui se sont occupés de toi. Ensuite tu as eu accès, comme les jeunes Kreels qui arrivent à Faya Nubangui, à toutes les salles de la première couche. Désormais, tu pourras également te rendre seul dans la deuxième et la troisième. Et sache que les Eyo Makanés sont capables de projeter des cercles magnétiques immatériels auprès d'une personne qu'ils ont convoquée, afin qu'elle puisse, quel que soit son rang, franchir toutes les portes jusqu'à eux... »

Au moment où Fana Kabungué terminait ses explications, les deux hommes passèrent la porte d'un grand amphithéâtre situé dans le deuxième niveau de la cité. Des milliers de Kreels remplissaient tous les gradins de l'immense salle souterraine.

— Ils sont venus pour toi. Désormais, tu fais

partie de notre peuple, le peuple de Jaambé ; c'est un événement important pour chacun d'entre nous.

Au centre de l'amphithéâtre se dressait un colossal bloc de pierre sombre. A son sommet, il y avait un vieux Kreel en robe noire ; le mercenaire reconnut le seul Eyo Makané qui ne lui avait pas adressé la parole au moment de l'épreuve. Fana Kabungué lui glissa à l'oreille :

— C'est Sino Tuzangui, le doyen des maîtres du huitième cercle, le Naa Makané. C'est lui qui va te remettre le bayungui et choisir ton nom. Va, maintenant...

Le Sven s'avança jusqu'à l'énorme bloc, et commença à gravir les marches taillées dans la pierre. La foule des Kreels s'était tue, retenant son souffle dans l'attente du discours de Sino Tuzangui, l'âme du peuple de Jaambé, revenu de son nid d'aigle du Limbu parmi les hommes. Stanley s'arrêta au sommet de l'estrade de roche, à quelques mètres du vieillard. Le Naa Makané, comme beaucoup de Kreels, était plus grand que lui, haute silhouette noire sur laquelle tranchaient la blancheur des longues nattes et l'éclat des huit cercles d'argent. Le mercenaire était torse nu, vêtu simplement de son sayongo de combat, et sa pâleur semblait déplacée, malsaine, au milieu de cette foule d'hommes à la peau et aux vêtements sombres. Sino Tuzangui lui tendit une longue tunique, le bayungui, et lui fit signe de la revêtir. Sur l'étoffe luisaient trois cercles de métal clair. Stanley se sentit curieusement habité d'une énergie nouvelle, comme si la force de Minga, Fanayimbé et Akindo emplissait brusquement son corps et son esprit. Pendant un instant, sa froideur et son indifférence s'estompèrent, et il se sentit un Kreel parmi les Kreels.

Alors Sino Tuzangui prononça les paroles rituelles, d'une voix moins vibrante que celle d'Akoono Tingo, moins chaude que celle d'Alifu Orombo, moins pénétrante que celle de Fari Kombo, moins fascinante que celle d'Ayanga Epugu, mais une voix pure, achevée :

— Aujourd'hui est pour toi le Naa Dayi. Aujourd'hui tu deviens un manga. Tu n'as pas atteint un but, tu commences simplement ta route ; ta route d'homme...

Le Naa Makané marqua une pause. Tous les spectateurs étaient attentifs, car la partie la plus intéressante allait venir. L'étranger allait recevoir son nom, qui serait à son image, reflétant ses qualités et ses défauts. Pour les Kreels, ce deuxième baptême était d'une importance capitale. Chaque fois que quelqu'un leur adressait la parole, ils entendaient leur nom, qui portait en lui toutes les faiblesses de leur caractère ; et cela les poussait, constamment, à lutter contre leurs imperfections. Toute bienveillance à leur propre égard leur était ainsi interdite : leur nom était semblable à un miroir qu'ils auraient eu à chaque instant sous les yeux, leur découvrant, impitoyable, le reflet de leurs excès et de leurs insuffisances.

La voix de Sino Tuzangui retentit à nouveau dans l'immense amphithéâtre :

— Ton nom sera Oniga Charaki, le requin blanc dans le langage de nos pères. Nous t'appellerons ainsi, puisque comme lui tu es pâle et froid, rapide et cruel. Comme lui tu es un tueur parfait, sans faiblesses, et comme lui tu n'as plus rien à apprendre de la survie. Mais n'oublie jamais que les hommes, avec leurs craintes, leurs douleurs et leurs larmes, ont construit des empires, conquis l'univers et chanté des mélodies inoubliables. Car pour avoir le rêve, il faut accepter le cauchemar... Naa Charakidaya, seigneur des requins, n'a jamais quitté les profondeurs de l'océan et ne les quittera jamais. Les squales se contentent d'exister ; les hommes, eux, vivent...

CHAPITRE X

Le roi du petit peuple est inquiet : il a ressenti, au plus profond de son âme, la vibration annonciatrice du grand bouleversement qui doit entraîner la fin d'une époque ; la fin de *son* époque…

La nuit de Magarth-Sikh tombe lentement sur les contreforts du Togarth, là où vit le petit peuple. Elle sera longue, très longue. Tous les hommes quittent la vallée qui va peu à peu se couvrir de glace et mourir… Jusqu'à ce que le soleil rouge revienne et la ressuscite.

Le petit peuple descend dans ses abris souterrains creusés sous la roche du Togarth, pour entreprendre le long sommeil qui ne finira que lorsque l'étoile pourpre réchauffera à nouveau la vallée perdue au milieu des montagnes.

Ainsi en est-il depuis le commencement des âges.

Le petit peuple prend place dans les boîtes à sommeil, et le roi vient rabattre sur chacun la lourde vitre. Comme la vallée, les hommes glissent lentement vers le froid et la nuit ; et comme la vallée, ils se réveilleront lorsque les rayons rouges poindront à l'horizon. Le roi viendra ouvrir les boîtes à sommeil, et la vie reprendra. Ils sortiront de leurs demeures souterraines en riant, heureux de retrouver la vallée à nouveau chaude et claire, couverte de fleurs et d'animaux. Ils pourront voir grandir leurs enfants au soleil, et mourir en paix sous le ciel pur de Magarth-Sikh. Leurs enfants, devenus adultes, devront à leur tour descendre sous terre lorsque reviendra la longue nuit. Et le roi, qui veille sur le petit peuple, refermera encore une fois les boîtes à sommeil.

Ainsi en est-il depuis le commencement des âges.

Le roi ressemble à tous ceux du petit peuple : sa peau et ses cheveux sont blancs ; et c'est un nain. Mais lui seul sait ce que signifie être un nain, lui seul connaît l'existence d'autres hommes, beaucoup plus grands, par-delà l'espace, sur d'autres planètes ; et lui seul sait qu'il y a d'autres planètes... Mais le roi veille sur le petit peuple ; et le petit peuple est heureux, il n'a pas besoin de connaître toutes ces choses.

Le roi n'a pas toujours le même corps au cours des âges. Mais le petit peuple a oublié l'aspect de son roi au sortir du long sommeil. Il ne se souvient que de ses yeux rouges qui brillent comme des tisons et de la lueur irréelle dont il est nimbé, sa couronne, son aura. Le roi veille sur le petit peuple pendant la nuit froide et interminable. Et lorsque la vallée se réchauffe à nouveau sous les rayons rouges du grand soleil, lorsque recommence la vie, le roi vient réveiller le petit peuple.

Ainsi en est-il depuis le commencement des âges.

Mais le roi est inquiet. S'il vient à disparaître, que deviendra le petit peuple ? L'esprit du roi est troublé. Il a perçu la naissance d'un souffle ; un souffle qui pourrait bien devenir une tempête et éteindre, une à une, les sept lumières.

Ainsi en sera-t-il à la fin des âges.

Achevé d'imprimer en octobre 1990
sur les presses de l'Imprimerie Cox and Wyman
à Reading (Berkshire)

— N° d'impression : 8761. —
Dépôt légal : novembre 1990
Imprimé en Angleterre